JE NE SAIS TOUJOURS PAS SI J'AIME LA BOXE

www.editions-jclattes.fr

Brice Faradji

JE NE SAIS TOUJOURS PAS SI J'AIME LA BOXE

Roman

LA GRENADE
JC Lattès

Conception graphique de La Grenade : Sarah Kahn

ISBN : 978-2-7096-6741-8

Première édition septembre 2021.

Enfant, la nuit mon père tapait des mots sur une vieille machine à écrire, je m'endormais bercé par le bruit, je me réveillais rempli d'histoires.

« Dans la vie, il n'y a pas de solutions.
Il y a des forces en marche :
il faut les créer, et les solutions suivent. »

Antoine de Saint-Exupéry

Préface de Daniel Rondeau de l'Académie française

Brice Faradji est un enfant du monde des cités. Quand il se penche à sa fenêtre, il voit des immeubles dont les noms lui racontent la planète : Bamako, New Delhi, Alger. Une mère courage, l'ange qui toujours veillera sur lui, et un père qui s'absente définitivement. Il faut croire que son sourire n'était pas si doux. La rue donne le tempo à ses premières années. Des coups, des humiliations, des embrouilles. La tragédie n'est jamais loin. Mais pas de plainte, car quand on a « la baraka d'être en bonne santé et de grandir en France », on ne gémit pas. Ses chagrins restent silencieux. Boxer pour ne pas pleurer ? C'est un salut possible.

Une première salle, à Corbeil-Essonnes, et son ambiance hypnotique. Le ring lui enseigne la peur et ses bienfaits, l'excitation, le désir, la joie, la discipline. Il se soumet au jugement du sac, premier miroir de ses faiblesses. Le bruit des coups sur le cuir est un bon indice d'efficacité.

Le sac ne sonne jamais pour rien. Le coup doit être lourd et bien porté. La boxe occupe ses jours et ses nuits. Quand il marche seul dans la rue, il se bat contre son ombre, sa vie est devenue un perpétuel *shadow*. Les gens le prennent pour un fou. Ses adversaires aussi, à cause de son sourire sur le ring, sa signature, qu'il tient pour son arme secrète.

Au fil des combats, il invente sa boxe, contre son entraîneur parfois, tous les coaches ne sont pas des maîtres. Il progresse, quitte la sphère des amateurs, entre dans celle des pros, change de club. Il trouve un emploi, seule une minorité de professionnels vivent du noble art. Mais maintenant, quand il monte sur le ring, c'est avec des bandages durs et pour six rounds de trois minutes.

La suite est l'histoire d'une carrière à la fois banale et exceptionnelle. Un jeune homme qui veut se consacrer à la boxe doit endosser une armure morale forgée d'humilité et de courage. Peu de gens le savent. Pour Brice, le toit du monde (sa ceinture de champion du monde) est encore loin. Il participe à des combats foireux, comme tous les figurants mal payés de cette armée des ombres qui écument des salles dans toute l'Europe pour se faire démolir et construire le palmarès d'un autre.

Brice a connu les nuits blanches d'avant combat dans des hôtels minables, les galas truqués, les mauvaises blessures, les juges et les arbitres qui ne savent plus compter, les promoteurs sans paroles, les flottements de la Fédération. Le jeune homme enjambe tous les obstacles. Humilité, courage. Endurance, aussi. Il a appris à monter sur un ring pour gagner. Sa mère est assise au premier rang. Elle crie : « Allez mon fils ! » Le voici sacré champion du monde, en 2005, à Manchester.

C'est ce parcours qu'il restitue dans un récit qui dessine l'autre pente de son salut. Sa carrière est interrompue par un décollement de rétine. Il quitte la salle de l'Avia Club d'Issy-les-Moulineaux pour un hangar d'avion. Il apprend à piloter. Boxer, piloter, et maintenant écrire : sa quête est toujours celle d'une certaine noblesse. Faradji nous confie qu'il ne sait toujours pas s'il aime la boxe, mais la lecture de son livre me donne encore, si j'en avais besoin, une bonne raison d'aimer les boxeurs.

Daniel Rondeau

Le toit du monde

Évry, été 2020.

Je suis sur le toit de mon monde. Le toit de l'immeuble où vit ma mère. Le panorama est en béton, les souvenirs reviennent. C'est mon monde d'enfance, une rétrospective où joies et tristesses se mélangent. Une fois par mois, je rends visite à ma mère pour déjeuner. De Paris, à moto, j'ai mis trente minutes. Ma Honda CBR 900 est garée en bas, attachée à un poteau, l'alarme est activée. Des jeunes en déshérence admirent l'engin. En deux minutes chrono, un Mouloud Copperfield peut la détacher et la faire rouler sans clé. Avant, j'étais l'un d'eux. Avant, c'était il y a environ quinze ans, quand je suis parti d'ici.

Ma mère habite au septième étage. La porte de son immeuble est fracassée. Dans le hall, on sent une odeur de weed, une dizaine de gamins squattent, ils me scrutent de la tête aux pieds. Je les désarme avec un bonjour conquérant, on devine que je suis un produit du terroir. Direction le dixième étage, je me recueille sur le toit avant le couscous maison. On sera en tête à tête avec ma mère, si l'on ne compte pas le chien. Mon frère s'est exilé à Bali depuis vingt ans. Il s'est inventé une vie d'artiste peintre, il vend des tableaux et objets déco. Il a fui la cité à sa manière, moi d'une autre. Fuir la cité, le rêve de beaucoup de gens. Le défi, c'est où et comment. Bali est loin d'être la pire des destinations. Le frérot avait besoin d'exotisme. Dessiner et créer des têtes de mort en bronze sont devenus sa spécialité. Depuis peu, sur les réseaux sociaux, il poste des photos d'océans et de petits oiseaux. Moi, j'ai mis des coups pour oublier, lui a façonné de l'art et stocké 40 kilos de souvenirs dans le bide. Au fait, je m'appelle Brice Faradji, j'ai quarante-six ans, je suis conseiller sportif. Mais pas que.

Du dixième étage, j'ai un aperçu sur cette jungle de béton. Je n'arrivais pas à me trouver une place ici, j'ai toujours eu peur de ne pas trouver ma place. J'ai crié pour que l'on m'écoute, j'ai boxé pour éviter de pleurer et aujourd'hui j'écris pour me souvenir. Un toit du monde, j'en ai connu un autre en tant que champion du monde de boxe. Aujourd'hui, je suis même au-dessus, je côtoie les nuages comme pilote d'avion. Drôle de parcours.

À l'école, j'étais moyen. Je passais mon temps à mentir, je disais aux copains que mes oncles étaient tueurs à gages, histoire de faire peur, au cas où l'un d'entre eux aurait eu l'idée de me transformer en souffre-douleur. La réalité c'est que mes tontons étaient des blédards, épiciers à Annaba en Algérie. Des Kabyles gras du bide aux yeux bleus, pas sportifs pour un sou.

Le bâtiment en face de celui de ma mère a bien changé, ils l'ont repeint. À l'époque, on l'appelait Bamako. Il était habité par des familles maliennes, mes potes Mamadou y vivaient. Mamadou Koné, Mamadou Sall, Mamadou Cissé. Quand je les appelais pour jouer au foot, je me pointais en bas et je criais :

— Mamad, Mamad !

Dix têtes sortaient des fenêtres, parfois cinq Mamadou descendaient pour taper dans le ballon avec moi. C'était un truc à ne pas faire en bas des bâtiments quatre et cinq. Paraboles tournées vers le sud. Inclinaison d'un ou deux degrés, les Marocains, Tunisiens et Algériens y cohabitaient. Si tu criais Momo en bas de l'immeuble, dix Mohamed excités sortaient la tête.

— Espice di conard, on crie pas comme ça divant li gens !

— On dit pas Momo, on dit Mohamed !

— E'din Bebek, digage de là ou ji descends !

Entre Bamako et Alger, la différence se sent aussi à l'occasion de l'Aïd. La religion autorise de sacrifier une vache, un zébu ou un dromadaire, des animaux nobles. Malheureusement, la taille des balcons de cité permet juste d'accueillir un mouton. Sur les terrasses du bâtiment Bamako, le ruminant attend sagement. S'il pleut ou fait trop froid, on le rentre dans la salle de bains. Dans les immeubles de la diaspora du Maghreb, l'ovin paraît effrayé, les caresses berbères sont loin d'être des câlins. Le mouton sait ce qui l'attend.

Vers New Delhi, c'était autre chose. Une odeur de curry s'échappait du bâtiment trois. Indiens et Pakistanais discrets, poulet tandoori. Le bâtiment six : linges étendus, pantalon jaune fluo, chaussette rouge et verte, ça ne pouvait appartenir qu'à des Congolais et Camerounais. Les Français de souche, ou d'héritage comme le dit un copain, je trouve ça plus joli, étaient dispersés dans tous les immeubles. Madame Monique s'était intégrée au quartier, elle portait djellaba, henné sur le front, aux mains, et aux doigts de pied. Madame Christine se cachait derrière ses rideaux et observait les barbecues et parties de foot en face de sa fenêtre.

— Le Pen Président. Bougnoules rentrez chez vous !

J'étais entouré de gens imbibés d'un présent fauché et inspiré comme un paria fâché, je vivais un bras de fer entre vengeance et espoir. L'éducation, le bon sens, l'école et l'amour me font presque changer d'avis. Artiste, voilà un beau métier. Les théâtres à proximité sont terrains de foot, salles de boxe, cages d'escalier.

J'avais quatorze ans lorsque je me suis inscrit au club de boxe. Ma mère déteste la violence, même quand c'est du sport. Je ne sais pas d'où vient mon envie de casser des gueules. En tout cas, c'est grâce ou à cause d'elle qu'on habite ici. Lorsqu'elle me voyait le visage meurtri, elle hurlait au bord de l'évanouissement :

— Qui t'a fait ça ?

— Arrête de me soûler, j'ai pas mal, j'étais à la boxe.

— Je ne veux plus que tu fasses ce sport de sauvage.

— Non mam, les sauvages ils sont dans la rue, pas dans la salle de boxe.

En baver à la salle de boxe me faisait du bien. Ça me permettait de masquer d'autres souffrances. Pour avoir une idée, je dirais que la douleur du boxeur ressemble à celle d'un cycliste du Tour de France. Étape Mont Ventoux, dix pour cent de pente, le public balance des coups de poing à chaque virage. J'aimerais bien demander à Bernard Hinault ce qu'il en pense.

Je rembobine. J'essaie de me souvenir comment tout a démarré. Et je vais vous dire pourquoi. Un jour, j'ai perdu la boule, je ne me souvenais plus de mon prénom.

J'ai pris peur. C'est peut-être la boxe. Et ça va à côté de certains, je ne me pisse pas dessus. Ce jour-là, j'ai commencé à écrire pour me souvenir. Depuis, j'y ai pris goût.

Je rembobine donc. Je suis enfant, je mesure cinquante pommes de hauteur, j'ai dix ans et je suis déjà sur ce toit pour y passer la nuit. C'est une fugue. Je reproche à ma mère de ne pas m'acheter de vêtements et de chaussures de marque, je suis fâché. Elle a d'autres priorités. Pourquoi payer pour une bande en plus ou une virgule sur une paire de baskets ? De la tête aux pieds, je ne porte que du Tati Barbès. Comme beaucoup d'enfants à l'école, je cherche des repères : je suis agité, fragile et vulnérable.

— J'adore tes nouvelles Adidas, c'est Kinder Surprise qui t'a offert ça ?

Disputes et coups de poing concluent notre échange. Critiquer mes habits, c'est insulter les choix de maman. Je ne peux pas lui dire tout ça. Alors, je fuis. J'attrape une couverture, je me prépare un lit et j'attends la belle étoile. De ce toit, j'entends ma mère crier mon nom sans discontinuer. Elle est en bas de l'immeuble. Les voisins sont dérangés par le bruit, des têtes s'échappent des fenêtres.

— Ça ne va pas, madame ?

— Non, je cherche mon fils.

— C'est qui votre fils ?

— C'est un gentil garçon.

— Ji connais votre fils madame, je l'ai croisé la semaine dernière.

— Où ça ?

— Il était avec un copain à la boulangerie.

— Et aujourd'hui vous l'avez vu ?

— Non, je l'ai pas vu.

— Madame, madame, attendez, je vais chercher mon cousin Mokhtar. Il travaille comme médiateur à la mairie. Lui, il sait tout, il voit tout.

— Oui, s'il vous plaît, merci.

— Mokhtar…

Mokhtar vit un étage en dessous, il sort la tête de sa fenêtre. La façade de l'immeuble devient une salle de réunion.

— Oui, y'a quoi ?

— T'as vu aujourd'hui le petit du 4e étage ?

— J'l'ai vu hier, il était avec Khalid.

J'ai honte. Pour la faire taire, je suis à deux doigts de sauter, je déboule en trombe par les escaliers. Lorsque maman me voit arriver en larmes, elle me prend dans ses bras.

— Mon fils, je t'aime, s'il te plaît, je ne sais pas ce que je t'ai fait, mais pardonne-moi.

Sur ce toit, j'ai passé beaucoup de temps à repenser au passé, à refaire le monde. Dans ma jeunesse, en me rapprochant du bord, hypnotisé par la hauteur, plus d'une fois, j'ai imaginé mes pieds dans le vide. Au bord du précipice, je rêvais de descendre en rappel, me jeter ou plonger de quinze mètres dans une eau glacée. J'avais de l'énergie, des rêves. L'envie continuelle de prouver et me prouver que, moi aussi, je fais partie des grands.

Les années passent, les rêves se consument, jamais satisfaits. Même lorsque je termine premier, je suis malade, je veux vivre tout ce que j'aime regarder. James Bond était mon héros, je veux des wheelings à moto, danser comme Mohamed Ali, être Apollo Creed qui vient de flanquer une raclée à Rocky. La nuit dernière, je l'ai passée avec Paris Hilton, Madonna me fait du gringue, demain je la remercierai. À force de chercher l'impossible, on finit par se perdre. Et c'est un sacré fardeau que de soigner angoisses et anxiétés.

Il est temps d'aller manger. Du toit, je sens le couscous merguez transpirer. Trois à table finalement et une marmite pour dix. C'est typiquement méditerranéen de faire des réserves et de prendre 3 kilos à chaque repas. On ne sait jamais, une guerre peut éclater. J'oubliais, la troisième c'est Fit. Magnifique yorkshire de 2 kilos. Elle a douze ans, gentille, docile, elle remue la queue en regardant la télé. Ma mère la considère comme ma sœur. Fit, dis au revoir à ton frère.

Autoroute A6, je rentre au bercail. J'habite Paris, un petit appartement dans le IIe arrondissement. Je me suis juré qu'un jour, je sortirai ma mère de cette cité. Lui acheter une jolie maison, un grand jardin, une rivière et même la mer. J'ai toutefois oublié de devenir riche, mais je ne désespère pas. Ingénieur électronique, je n'ai pas fait fortune. Boxeur professionnel, champion du monde, je n'ai pas fait fortune. Entrepreneur, concepteur d'applications mobiles, je n'ai pas fait fortune. Coach sportif pour les stars du show-biz, je n'ai pas fait fortune. Qui sait, peut-être que ma richesse, c'est mon infortune ?

Douce France

La richesse et l'infortune c'est d'abord de naître au nord-est de l'Algérie, dans une ville phénicienne dénommée Cirta à l'époque romaine, renommée Constantine sous la domination ottomane. C'est un nid d'aigle coupé en deux par les gorges du Rhumel, de nombreux ponts la traversent. La ville a du caractère, elle est posée sur les déchirements de la nature. Et mettons d'emblée les points sur les i, les Constantinois sont des Algériens, ils sont fâchés par nature. Chez eux, crier est une routine et papa en est un excellent représentant. Il est étudiant et, grâce à lui, nous nous envolons pour la France vers une banlieue parisienne. Quelque part loin de la capitale. Disons qu'en partant de Paris, nous vivions à gauche sur la route de Lyon.

Mon père aime la bouteille. Tard dans la nuit, la musique à fond, il chante Charles Trenet. Les murs sont mal isolés, son *Douce France* interprété d'une voix de casserole a de quoi contrarier le sommeil d'un immeuble fatigué. Alertée par les voisins, la police débarque. Atterrés devant ce spectacle minable, mon frère, ma mère et moi attendons le KO. Les policiers le menacent puis le menottent. Il est embarqué en cellule de dégrisement. Il rentre le lendemain comme si de rien n'était, plein de haine et prêt à récidiver. Mon père n'est plus mon héros. Les mois passent, les scandales se renouvellent, peurs et craintes sont quotidiennes. Le destin d'un clandestin atteint du syndrome du colonisé ne peut que mal tourner.

— Je suis un intellectuel. Je ne suis pas un illettré, je ne mettrai jamais mes mains dans le cambouis. J'ai fait mon devoir, je vous ai amenés en France pour vous sauver de la misère algérienne. Vous me devez la vie.

L'homme disparaît en Algérie. Jamais plus, je ne l'entendrai chanter *Y'a de la joie*. Un acte manqué, un père ou un géniteur, éphémère, la génétique n'est pas une preuve matérielle d'amour.

Un jour je serai grand

La maison a enfin trouvé un semblant de paix et mon frangin, ma mère et moi, nous dormons sur des cartons. L'école est à 3 kilomètres, avec mon frère chacun prend son trottoir, beaucoup trop de choses à raconter, mieux vaut se taire. Dans la cour, de peur de perdre face, je mitonne mes camarades, ils pensent que je suis châtelain, que mon père est Robespierre. En réalité, le valet a été châtié et tous les soirs, il oublie de venir nous chercher.

Lors du dernier jour de classe avant les vacances de Noël, on apprend que la terre est ronde, qu'elle tourne autour du soleil, et qu'au-dessus du ciel, le noir fait briller les étoiles. En fin de journée, la maîtresse nous demande d'ouvrir grand les oreilles pour nous souhaiter bonnes vacances ou nous dicter les devoirs, je ne le saurai jamais. Debout sur ma chaise, j'attrape mes oreilles et les écarte.

— Suis prêt, m'dame.

Mes camarades rient, la maîtresse n'apprécie pas. Elle me fonce dessus, me tire de la chaise et me traîne au sol sur quelques mètres. Je ne sais pas pourquoi j'ai fait ça. Je ne sais pourquoi elle a réagi de cette manière, elle m'inflige un sale châtiment. J'ai l'étoffe d'un mousquetaire : créatif mais pas stratège, courageux mais pas suicidaire. M'engager dans une mêlée avec la grosse dame aurait signifié une défaite assurée.

Grosse salope, sale pute sont les seules armes que je trouve. La maîtresse tente de m'attraper. En vain. Elle manque de se ramasser en me poursuivant. *Reviens ici !* Un vase se fracasse dans la cohue, un surveillant débarque, je suis au bord d'une fenêtre, je balance mes bras dans le vide pour le dissuader de m'approcher. Je suis défait.

Dans les heures qui suivent, je me persuade qu'elle n'aurait jamais osé me faire subir une telle humiliation si mon père n'était pas parti. Un père fort et protecteur qui, sous la menace d'une colère, aurait dissuadé quiconque de toucher à son protégé.

Je suis assis dans le bureau du proviseur, le regard plongé dans mes godasses. Impossible de joindre maman, la maîtresse suggère d'appeler la police.

Inutile de dramatiser plus que ça, le proviseur me laisse partir. Nous réglerons cette histoire plus tard. Réfléchis à ce que tu as fait. C'est tout réfléchi. *Un jour je serai grand !*

L'homme n'est pas l'égal de la femme

Ma mère est favorable au cumul des mandats. Le matin, elle dépoussière des chambres d'hôtel, le midi, elle emballe des baguettes dans une boulangerie, et le soir, elle sert des pizzas dans un restaurant. De retour à 1 heure du matin, elle trouve un appartement mis sens dessus dessous par deux garçons de treize et quatorze ans. Superwoman range, nettoie, prépare à manger pour le lendemain et s'endort sur le canapé. Un matin, elle a du mal à se lever. Sa tête tourne, perte d'équilibre, elle tombe.

— Lève-toi maman, c'est rien.

D'habitude, lorsqu'elle va mal, elle refuse d'appeler un médecin. Mais cette fois, quand j'appelle les pompiers, elle n'émet aucune objection. C'est sérieux. Hospitalisée, elle est contrainte de rester quelques jours en observation.

Dans un immeuble où les problèmes s'empilent, immigrés sans papiers, franchouillards à penchants alcoolisés, appartements de filles de joie, marabouts consultants, l'assistante sociale est comme l'ascenseur, en panne. En trois jours, nos placards et le frigo se vident, voler à la supérette devient une question de survie.

Deux semaines plus tard, commettre un plus gros larcin fait déjà partie de nos discussions. Mais nous sommes deux meneurs en désaccord, les mots de travers s'envolent et ça se termine en bagarre. Plus lourd, plus fort, mon frère, le sumo maghrébin, marque sa suprématie. Ses dents sont imprimées sur mon bras, j'ai une revanche à prendre.

Au supermarché, je chaparde une conserve de pâtée pour chien. Le soir, dans une poêle à feu doux, je cuisine le Canigou, mon frère remue la queue, hume le cassoulet. Il sait que je ne lui proposerai pas de s'attabler avec moi. Alors, persuadé qu'il va s'empresser de manger mon labeur, je feinte de sortir un instant. Quand je reviens, mon frère a tout becté.

— Elle est où ma bouffe ?

— Dans mon ventre, viens la chercher bouffon.

Je ris aux éclats, il est fier de lui. Il rigole aussi et lui apprendre ce qu'il a avalé ne ferait que gâcher ce moment de joie. Je n'avoue rien, mieux vaut rire ensemble.

Maman quitte l'hôpital, il était temps. Je me voyais déjà faire la une du *Parisien* : « Deux jeunes enfants braquent une épicerie. » Si elle avait appris nos larcins en son absence, je ne sais pas si elle nous l'aurait pardonné. La vie, il faut l'affronter, pas la fuir. Je crois que les femmes le savent mieux. Il n'y a pas meilleur garde-fou qu'une mère qui dit tous les jours je t'aime à ses enfants. Pour cette raison, l'homme n'est pas l'égal de la femme, il lui doit la vie. Dans une société où je me suis senti détesté, grâce à elle, je ne suis pas passé de l'autre côté.

Le trou de balle que j'aurais pu être

Le Chinois n'y est pas allé de main morte. Il m'a taclé dans le genou pendant un match de foot. J'ai quatorze ans et je suis toujours aussi arrogant.

— Fils de pute !

— Nique ta mère !

On griffe chez l'autre ce qu'on aime chez nous : la mère. La bagarre s'organise comme un gala de boxe, un cercle se forme, pas de bâton, pas de couteau, juste les pieds et les poings. Mon frère m'encourage :

— Défonce-le !

Également présent, un cousin du Chinois lui crie 混蛋. Il est sapé et coiffé comme notre idole Bruce Lee : nous sommes dans les années 1980. En un rien de temps, en grand spécialiste de la balayette, je m'assois sur l'insultant, le gifle comme il se doit. Il est sur le point d'abdiquer. Mais l'esprit patriotique se réveille, inspiré par *L'Art de la guerre* de Sun Tzu, « chapitre VII, l'affrontement direct et indirect », Bruce Lee se mêle au combat. Coup de pied à la tête, je suis KO. C'est le premier que je vis, je me vois partir. Ni mon frère ni les autres n'ont le temps de réagir. Bruce Lee a le pied assassin, c'est un dur du quartier, ceinture noire de karaté. Tout le monde le sait. Il n'écopera que de quelques brimades.

— T'abuse mec, wallah t'es un traître.

— C'est pas bien c'que t'as fait.

Mon frère est choqué, il est impuissant. Il ne sait pas quoi faire, il a mal pour moi, et honte pour nous deux. Le visage tuméfié, je reste aux urgences une partie de la nuit, je m'en tire avec un traumatisme crânien et une aversion pour les Bridés. À l'époque, c'était comme ça au quartier, je ne suis pas raciste car tout le monde l'est.

Le lendemain soir, je ne supporte plus de voir ma mère pleurer, elle souhaite s'expliquer avec les parents de ce salaud. Moi, je veux juste le tuer. Chez les pauvres, c'est très facile de se procurer une arme. Il faut sonner chez l'éboueur, il trouve des tas de choses en accomplissant son sacerdoce et les range dans un box au sous-sol du bâtiment trois. Et y'a deux jours, le ripeur est tombé sur un fusil dans une poubelle. On se fait aider d'un serrurier, bientôt d'un complice de crime.

— T'inquiète, le verrou, c'est pas un problème. J't'accompagne. Moi aussi, j'ai envie de le niquer ce fils de pute.

Il est 23 heures, nous sommes cagoulés avec Mehdi, postés devant la maison du Chinois. Jet de pierre sur la fenêtre, un homme sort. J'le braque, j'appuie sur la gâchette. Rien ne se passe, je réessaye, l'homme crie, puis se réfugie chez lui. Mehdi me demande de vérifier si le fusil est chargé. L'arme sans balle met en évidence le trou de balle que je suis. Ou celui que j'aurais pu être. J'ai vu la vie du Chinois défiler dans ses yeux, je suis comblé, ça me suffit. Vingt minutes après, assis sur un banc, nous oublions la vengeance. En sanglots à l'idée d'être un criminel, je comprends que tout a failli basculer pour des broutilles. J'aurais pu être le trou de balle qui s'enlise vingt ans dans une cage de la prison du coin.

Prendre un pain devant la boulangerie

1989. Les règlements de compte sont très fréquents en banlieue sud. Corbeil, Évry et Grigny se disputent la palme de la connerie. En fin d'année scolaire, à Évry-Courcouronnes, je suis assis sur un banc avec mon ami Guy. Nous contemplons les bus qui passent. Je disserte sur les misères causées par un grand black du quartier alors que je faisais la queue à la boulangerie. L'effronté est passé devant tout le monde, même la caissière ne lui a pas fait de remarques. Il faut dire que personne n'ose contrarier un colosse pressé d'acheter son pain au chocolat. Au moment où il ressort, pour me donner bonne conscience et espérant qu'il ne m'entende pas, je murmure un timide :

— Tu t'la racontes toi.

Du haut de ses trois têtes de plus que moi, il doit avoir une superbe oreille. Le type se tourne, regard méchant, mon cœur manque de s'arrêter et l'idée de désigner le bébé dans la poussette derrière moi me traverse l'esprit.

— C'est à moi que tu parles, fils de pute ?

Je me suis mis dans le pétrin tout seul. Foutu gène d'Algérien orgueilleux. Même en hypothermie, dans une eau à zéro degré, je suis capable d'avouer qu'elle est bonne.

— Pourquoi, tu vois un autre babouin dans le magasin ?

Ça sort tout seul, il prend ça pour une injure raciste alors que ça fait partie de la chambre classique du quartier.

— La putain de ta race de sale bougnoule.

Hors de question de m'excuser, la seule chance de m'en sortir serait de l'euthanasier. Il n'y a aucun objet à proximité et mes bras sont plus fins que la baguette que je m'apprête à acheter. Trop tard, il a pensé la même chose que moi. Paf, un pain dans ma gueule, tête contre le sol, ça s'appelle mordre la poussière. Il n'en reste pas là, coups de pied à répétition, il me prend pour une serpillière.

— Aaaah, tu m'as traité de sale Noir, bâtard.

Les témoins, boulangère et clients, comme dans une banque où des braqueurs crient haut les mains, sont en état de choc. Personne ne bouge. Un autre grand du quartier, noir qui plus est, voit la scène et accourt à mon secours.

— Tu vas le tuer, tu vois bien que c'est un gamin !

— Il m'a traité de sale Noir, il a joué au grand. Je le tape comme un grand !

Sur le brancard de la voiture de pompiers, un homme me parle. Incroyable, un pompier noir, première fois que j'en vois un.

— Tout va bien, monsieur, merci. J'ai juste mal partout. Non, impossible de joindre mes parents nous n'utilisons que le taxiphone de l'épicerie.

Arrivé aux urgences, la salle est bondée. Je profite d'un passage pour me sauver et embarquer ma détresse.

Sur le banc, Guy commente ma déconvenue, on en parle tous les jours.

— T'as presque plus de marques sur la gueule, mais quel bâtard ! Il a au moins vingt piges, il t'a fait du sale. Il a de la chance que j'étais pas là. Une bonne droite dans sa bouche. En plus, il sait que j'suis le cousin du Guerlin, en me voyant avec oit, il t'aurait même pas parlé.

— C'est qui Guerlin ?

— J'viens de te le dire, c'est mon cousin.

— Et alors, il a quoi de spécial ton cousin ?

— C'est un ouf, de chez ouf, il a pris deux ans de placard pour avoir coupé les doigts d'un mec.

— Hein, mais comment il a fait ?

— Ben avec une grosse pince coupante.

— J'imagine bien que c'était pas avec une paire de ciseaux, mais pourquoi il a fait ça ?

— Sa meuf l'a quitté pour un autre lascar. Ça faisait un moment que la meuf était plus avec lui, mais quand il a su qu'elle allait se marier, il a pété un plomb.

— C'est un débile ton cousin, un gros jaloux, c'est tout ! Mais pourquoi il a coupé les doigts du mec ?

— C'est là où j'te dis qu'il est ouf, il a coupé les doigts où on met la bague de mariage.

— Il est con, quitte à faire de la cabane, il aurait dû lui couper les couilles.

— T'es un tordu toi aussi, pourquoi les couilles ?

— Tu crois qu'une meuf reste avec un type sans couilles ?

— Ouais, t'as raison.

— Et pourquoi il a coupé deux doigts ?

— J'suis pas au courant de toute l'histoire, mais on m'a dit qu'il savait pas où on met la bague de mariage. Pas de prise de risque, il en a coupé deux.

— T'es sérieux ! Ah ouais, il est touché ! Mais tu sais quoi, on peut tous devenir ouf. Tu vois par exemple, si j'avais eu un couteau sur moi, j'l'aurais planté le Renoi.

— Ouais, mais toi aussi, pourquoi tu l'as traité de sale Noir ?

— Wesh, t'es fou, sur ma vie j'l'ai pas traité de sale Noir. J'ai juste dit : Pourquoi, tu vois un autre babouin dans le magasin ? J'ai sorti ça comme ça, rien à voir avec les Renois.

— Ouais, mais lui il a compris que genre tu le traites de singe. Dans sa tête, il a fait direct un raccourci avec l'esclavage et tout.

— Non, c'est une grosse merde, il avait juste envie de tabasser un petit. Wallah, un jour j'le défoncerai ce fils de pute.

— Pour ça, faut qu't'apprennes à mettre des droites, viens avec oim à la salle.

— Grave, j'aurais kiffé le droiter c'fils de pute d'Renoi ! Et encore une fois, m'prends pas la tête, j'ai rien contre les Noirs.

— T'inquiète, j'sais très bien que t'es pas raciste !

— Frérot, on dit tous des trucs chelous ! Tu vois, la semaine dernière mon pote Abdel m'a vendu son vélo. À peine j'pars, la chaîne déraille, j'suis tombé comme une demer. Tu sais la première chose que j'ai lâché ! Putain de ta race d'enculé de Marocain !

— Et alors ?

— Ben, si c'était un Algérien, j'aurais dit la même chose ?

— T'aurais dit la putain de sa race de Marocain.

— T'es teubé ou quoi, j'aurais dit la putain de sa race d'Algérien !

— Ouais, et il était à qui ce vélo ?

— Bonne question ! J'pense qu'il l'a volé à un petit babtou ! Et ce Français a dû dire la même chose que moi ! Putain de sa race de Marocain !

— Non, je pense qu'il a dit putain de sale Arabe.

— Ouais, t'as raison.

— C'est bon, t'as fini avec ta philosophie à deux balles sur le racisme.

— Non, j'vais te dire une dernière chose ! Moi j'me considère comme un bon raciste, j'fais pas de différence. Dans toutes les races y'a des mecs que j'peux pas piffrer !

— Toi aussi, t'es un vrai ouf ! Bon, tu fais quoi pour les vacances ?

— Saint-Tropez, jet-ski, me faire masser le zgeg à Marrakech, voilà quoi !

— Et pour de vrai ?

— Tu veux que j'fasse quoi ! Maison de quartier, baby-foot, hip-hop, ping-pong, tour au centre commercial, KFC, McDo et oit ?

— Je dois m'entraîner de ouf, j'ai un combat la semaine prochaine. À la rentrée, j'fais les championnats de France. Et en juillet, j'vais chez ma tante sur Panam.

— Chanmé, j'connais pas du tout Paris.

— Un vrai film de boule cette ville, y'a d'la meuf de partout. Elles sont graves plus chaudes qu'ici.

— Comment ça ?

— Bah frérot, j'marche aux puces de Clignancourt, j'me fais siffler.

— Non ! c'ta dire ?

— Putain, tu fais exprès ou quoi. Elles regardent et balancent des « hé Renoi, viens on va s'faire un petit tour, manger un morceau, et puis… ». Wesh, j'vais pas te faire un dessin.

— Justement, j'aime trop les dessins. Et alors, tu l'fais ce p'tit tour ?

— La vérité, j'ai plein de bails à gérer. En plus, j'ai une p'tite, un avion de chasse. J'me dis que quitte à la tromper, autant que ça soit avec une fusée, tu vois ce que je veux dire ?

— Ouais, très bien, t'es parti voir les putes de Strasbourg-Saint-Denis. Wallah t'es un mytho !

— Ta race !

— Frérot, on va arrêter de rigoler. J'te jure sur la tête de ma reum, j'ai envie de te croire. C'est les esprits qui vont dire si tu mens ou pas, tu captes !

— Écoute-moi ! On fait pile ou face. Pile, ça veut dire que tu mitonnes ta race. Si c'est face, wallah j'ferme ma gueule et j'dis chapeau Renoi, t'es un patron, je te suis à la salle de boxe.

— J'm'en bats les couilles de tes conneries. T'es sérieux là, allez, barre-toi avec ta pièce espèce de mécréant, j'me casse.

— Attends frérot, laisse-moi d'abord lancer la pièce.

— Tu m'fatigues !

Je lance la pièce en l'air, elle retombe sur pile.

— Frérot, tu veux pas savoir c'qu'elle a dit la pièce ?

— Elle a dit quoi ?

— Aujourd'hui je viens avec toi à la salle de boxe, j'veux apprendre à mettre des droites qui cassent des bouches !

— Et sur les meufs ?

— Elle a dit que t'es un putain de mytho bâtard.

Première fois

3 septembre 1989. J'accompagne Guy pour la première fois à la salle de boxe de Corbeil-Essonnes. En poussant les portes, je suis envahi par un sentiment inédit, un mélange de peur et de joie. Je suis pressé de voir ce que je vaux. L'univers du sport ne m'est pas étranger, même si sur les terrains de foot, je tacle, et que le reste du temps, l'émission *Achipé Achopé* me fait break danser dans les maisons de quartiers. Ici, l'ambiance m'hypnotise immédiatement. Les bruits de sacs de frappe accompagnés de cris, les cordes à sauter qui fouettent le sol orchestrées par le son de la cloche, les trois minutes d'agitation intense puis la minute de silence. Un homme se distingue, il assomme le sac de boxe avec une violence inouïe. Grand, trapu, torse nu, chevelu du dos, une allure de mule. Autour du ring, ça respire l'affamé. Même en visitant le zoo de Thoiry, j'ai moins tremblé devant la cage aux lions. Le coach Marcel nous a vus entrer, Guy me demande de le suivre.

— Bonjour coach, je suis venu avec un ami, il aimerait s'entraîner.

Marcel scrute avec attention le ring où des boxeurs sont en action. Il ne relève pas.

— Oui, pas de problème.

Guy se tourne vers moi.

— J'vais faire des tours de piste à côté du gymnase, viens avec moi. Sinon, j'te laisse une paire de gants et tu regardes un peu comment font les autres ?

— OK, je reste ici.

J'enfile la paire et vais me frotter au seul sac disponible, à côté du grand costaud poilu du dos. Le ramdam a de quoi rendre sourd et complexé n'importe quel gringalet. Je balance quelques coups, le sac reste silencieux, je pense qu'il est cassé. Mais en boxe, le bruit est un juge de vérité, il ne sonne que sous un coup fort. Je me souviens du bruit de mobylette que je faisais avec mon vélo. Je coinçais une canette de coca entre le dérailleur et le garde-boue et, de loin, mon BMX laissait croire à une Peugeot 103 XP. Alors, autour du sac, j'use de tromperies, de doublage son. Je porte les coups en même temps que mon voisin et je m'embobine quant à mes qualités de boxeur. Le coach Marcel m'interpelle, aurait-il décelé un champion ?

— Quel poids tu fais ?

— Je ne sais pas, 54 kilos, j'crois.

— J'ai besoin d'un boxeur de ton gabarit pour faire quelques rounds avec le jeune que tu vois là-bas. Ça te dit ?

Si j'avais remarqué en entrant ce petit rouquin chétif, j'aurais été beaucoup moins ému. Marcel ne demande pas si je suis licencié ni même si je sais boxer. L'Algérien fâché est flatté, je suis d'accord pour croiser le cuir. Qui ne tente rien n'a rien, mais dangereux celui qui tente sans rien. Délit de faciès, je suis persuadé que je peux brosser les dents du petit Blanc. Inutile de préciser à M. Marcel que je ne suis jamais monté sur un ring, je crois que cela ne l'intéresse pas : que ce soit contre un manchot ou un cul-de-jatte, son protégé doit juste gagner en assurance.

— Prépare-toi. Si tu n'as pas de casque, empruntes-en un, ils sont posés au bord du ring.

Pressé d'en découdre, j'ai failli répondre *j'suis prêt.* Par précaution, je vais quand même me chauffer un peu. Petit trot autour de la salle, assouplissement du buste, talons fesses, en mimant coups de tête et dribbles de footeux, certains me regardent de travers.

— Je suis prêt monsieur.

— Tu as ton protège-dents ?

Évidemment, je n'en ai pas.

— Oui, oui.

— Alors rentre là-dedans.

Je ne dirai pas que je me suis mis à chercher une porte pour monter sur le ring mais presque. Les plus grands enjambent toutes les cordes, les autres passent au milieu, moi, en novice, je roule en dessous de la première corde. Le coach ne s'en soucie pas. En garde, je lève les bras. D'ordinaire, mes disputes sont précédées d'un « Y'a quoi maintenant, fils de pute ». Le rouquin en face n'a même pas l'air en colère, je crois que c'est une affaire réglée. Son de cloche, il a dû lire dans mes pensées, gauche-droite, je n'ai rien vu arriver.

— Putain.

— STOP.

Mon nez pisse le sang, je viens de perdre ma crédibilité et ma crédulité. Marcel met fin à l'imposture sur un ton méprisant, je ne vaux rien sur un ring et pas plus au sac de frappe.

— Dépêche-toi de sortir de là !

Pas la peine de raconter que je suis sorti comme je suis rentré. Je récupère mes affaires, je me casse vite fait sans attendre le retour de Guy. Le rouquin est champion régional. Ce week-end, il dispute un quart de final des championnats de France.

La nuit vient de tomber, je suis en colère contre moi-même, je me dirige à pied vers la Seine. Au bord du fleuve, hypnotisé par la lumière du ciel, je me demande ce que j'ai bien pu faire au bon Dieu pour mériter autant de mépris. On a chatouillé mon ego.

Au loin, j'entends des aboiements. Je devine une ombre qui court dans ma direction. En approchant, je découvre un gros molosse, un pitbull ravi de m'avoir dans le viseur. C'est tombé sur moi, je suis victime d'un exercice très commun au quartier, celui de l'entraînement des clébards. Au moment où le chien s'apprête à mordre, le maître teste son autorité en lui ordonnant d'arrêter. Une fois sur deux, le canin n'obéit pas. Hors de question de laisser une chance à cette probabilité.

Je sais que ce clebs est un excellent grimpeur alors j'évite de me réfugier dans un arbre. Ma seule possibilité est de me jeter à l'eau. Bain nocturne dans une Seine dégueulasse, le plaisantin rappelle son bien. J'ai bu la tasse de trop, je n'aime pas celui que je suis, mes mots causent du tort, mon corps subit la loi du plus fort. Faut que ça cesse. À partir de ce jour, je ne serai plus la risée des autres. Je vais retourner dans cette salle et prendre le temps de me venger.

La baraka

La baraka c'est d'être en bonne santé et de grandir en France. Je vais pouvoir en abuser : aller à l'école, faire du sport. Je suis un élève moyen mais acharné et ça me permet de surpasser les brillants fainéants. Ça rend la madré très fière, elle célèbre mes victoires scolaires en cuisinant et offre les plats aux démunis du quartier. Le dimanche, je joue au foot et tous les autres soirs, je boxe. Tics, shadow boxing, je ne peux plus m'empêcher de cogner. Marchant dans la rue, entre les rayons du supermarché, on me prend pour un taré. Je m'arrête un instant sur le shadow, ombre en français, et je m'entraîne seul, dans le vide, pour répéter mes gammes.

La salle de boxe est au dernier étage du gymnase municipal de Corbeil-Essonnes. Une activité à tous les niveaux, handball au premier, judo et karaté au second. Troisième étage, petit arrêt, à travers un hublot des jolies filles, le cours de GRS me fait bander. Les cris d'effort et bruits de sacs du quatrième s'entendent d'ici. Les dernières marches forcent l'humilité, un long couloir mène à la chambre des expiés, mon rythme cardiaque s'emballe. C'est un bras de fer contre la peur, galvanisé par l'excitation et le désir. Pas de me battre, je sais déjà faire. Je suis ici pour apprendre à gagner.

Avant d'aller me changer, tour de salle, salut obligatoire. Durant des semaines, le rouquin, le boxeur qui m'a foutu une branlée, occupe mon esprit. Il a droit à un check proche du coup de poing. Mokhtar s'occupe de l'échauffement, Marcel et Michel, chefs des lieux, observent avec intérêt. Même recette depuis trente ans, les boxeurs de Corbeil-Essonnes ont le style de ces deux vieux barbons. Inquiétant quand on sait que Marcel n'a jamais boxé.

À Corbeil, la boxe ne se conjugue qu'au masculin. Aucune présence féminine, elles ne sont pas interdites, mais sûrement découragées par des regards décourageants. En me voyant la deuxième fois, Marcel fait comme s'il ne s'était rien passé.

— Oui, c'est pourquoi ?

— Je veux apprendre à boxer.

— Très bien, la cotisation c'est deux cents francs, va te changer, ça va commencer.

Cinq mois plus tard. Migraines, œil au beurre noir, Marcel me conseille des techniques qu'il n'a jamais pratiquées sur un ring. Le combat rapproché l'amuse. Nouvelle opposition, Stéphane, le champion rouquin en face de moi. Ce jour-là, Marcel est absent. Je dois me débrouiller sans lui. En boxe, les coups ne sont que l'aboutissement d'un long travail d'observation. J'aiguise mon œil en regardant des cassettes vidéo, les combats de Mohamed Ali. Même si elle est privée de série, ça amuse ma mère, elle pense même acheter une deuxième télé. Mon frère, lui, préfère écouter la radio.

J'ai vu le combat du Greatest contre George Foreman, et pour affronter Stéphane, je m'imagine qu'il est ce gros black américain. Puissant mais beaucoup trop lent. En garde, bras ballants, je fais semblant de ne pas être protégé. Poids du corps sur la jambe arrière, déplacements à la Fred Astaire, direct du bras avant, prise de distance, recueil d'informations et, trop vite, il me montre ce qu'il sait faire : il est limité, il dévoile ce qu'il ne peut exécuter. Je boxe en partition, je trouve ma musique. Plus serein, je suis calé sur son rythme, je dépense moins d'énergie. George Forman est inquiet, ses intentions sont bridées, ses attaques ne trouvent que l'écho du vent. Entracte, il est temps que la comédie bascule vers la tragédie. Sans animosité, je place des coups précis, désirés, choisis. Le dénouement est heureux, Mohamed Ali est victorieux.

Deux ans plus tard, des progrès mesurés, quinze combats amateurs pour autant de victoires, certains boxeurs de la salle admirent ma ténacité, d'autres commencent à me jalouser. À l'extérieur, on ne connaît pas encore ma réputation. Sur la place de la commune, à Évry, quatre gus du quartier m'interpellent alors que je descends du bus.

— Ça va p'tit ?

C'est la première fois que Jean-François m'appelle ainsi. J'accuse dix centimètres de moins sur ma génération. À cause de mon tempérament incandescent, on me surnomme Joe Dalton et depuis mon nouveau statut de boxeur, je me sens pousser des ailes.

— Ça va, mais évite de m'appeler p'tit !

— Wesh, t'es un p'tit, y'a quoi ?

— Suis le p'tit de personne.

— Ferme ta gueule, t'es mon p'tit, c'est tout.

En langage de cité, ça s'appelle une « hagra ». Cet imbécile veut asseoir son mépris. Le laisser penser qu'il peut être à l'abri de représailles serait l'inciter, lui et d'autres, à récidiver.

— Viens, on va voir qui va fermer sa gueule.

— T'es sûr que tu veux que je te nique ta mère ?

Comme à la salle, travail au sac, inspiration avant le fractionné, poings fermés, détermination. Je balance quelques déchets avant qu'une droite percute son nez. Il saigne. Les mains sur le visage, le dos tourné pour se protéger, il n'y a pas d'arbitre pour le compter. J'en profite pour lui faire une balayette. Au sol, lui et les témoins réalisent ce que peut coûter de m'appeler « p'tit ».

Panam Panam

La guerre du Golfe éclate. J'ai quinze ans et déjà le conflit nous habite. Un samedi soir, nous nous baladons à Paris, nous sommes cinq et discutons du conflit à notre manière, riche en connerie. Notre soirée se résume à ne rien faire à part marcher dans une ville que l'on ne connaît pas et parler de la guerre. Au croisement d'une rue, deux blondinets. Nous leur faisons passer un casting, ils vont avoir le mauvais rôle. Notre apparente bonne humeur cache frustration et jalousie, nous sommes ivres d'amertume. JP l'Antillais déclenche les hostilités.

— Regarde ces deux gros PD. Nique ta mère, donne-moi tes pompes.

Je suis mal à l'aise, je sais boxer mais je n'ai pas le courage de lui dire de baisser les gants. Je suis complice par absence de couilles. De peur de se prendre un scud et face à la meute colorée, le blondin se déchausse. JP n'est pas rassasié, il somme le jeune garçon d'enlever son pantalon.

— Eh, j'veux pas le voir à poil ce bouffon.

— J'm'en bats les couilles, j'veux lui faire la misère, comme ils font en Irak.

— C'est quoi le rapport avec l'Irak.

— Frérot, on est musulmans, on doit être solidaire.

— Saddam Hussein, c'est un tordu de dictateur. Il laisse crever son peuple, c'est une merde !

JP est en cours de conversion, il doit encore se laisser pousser la barbe, apprendre par cœur quelques sourates avant de voyager. Le malheureux, complètement imberbe, doit certainement songer à se faire greffer les poils de son cul sur le visage pour paraître pieux. Il est aussi musulman que les frères Kouachi ou que Rocco Siffredi.

— C'est toi qui racontes de la merde !

— Même si le Coran existait en BD, t'aurais rien compris. Est-ce que t'as déjà lu autre chose que des blagues Carambar ?

Blondin 1 et 2 profitent de notre altercation pour décamper. De peur que la police ne se mette sur nos trousses, on enclenche le plan B. RER D, retour sur Évry.

La mémoire est dans la peau

Quoi de plus touchant que d'entendre une mère dire je t'aime mon fils. Pourquoi je n'assume pas cette déclaration d'amour ? Mon *je t'aime moi aussi* reste coincé au fond de la gorge. Pourtant petit, au moins jusqu'à mes cinq ans, je n'avais aucun problème à lui offrir des *Je t'aime maman*. Est-ce à cause des complexes que j'ai développés en grandissant ? Est-ce que je lui reproche inconsciemment de m'avoir conçu dans une société où il est difficile de trouver sa place ? Et pire encore, je lui en veux peut-être de ne pas avoir été plus exigeante pour choisir mon père. Les rencontres d'une vie sont primordiales. Moi, j'ai rencontré maman. Devenir un bon garçon, bien travailler à l'école, éviter de fréquenter le diable, elle n'a pas eu besoin de me le dire : il suffisait de l'avoir à mes côtés. De sentir sa peau et sa présence.

Lorsque je passais mon bac, tous les week-ends, on hébergeait un SDF sans papier. En Algérie, il avait validé une agrégation de mathématiques. Malheureusement, elle n'était pas reconnue par la bureaucratie française. Abdel Walid a quitté Alger après l'assassinat de sa famille par le GIA. Ironie de l'histoire, il y était né en 1958. L'année du discours historique du général de Gaulle qui s'adresse aux Algériens.

— Je vous ai compris. La France considère que dans toute l'Algérie, il n'y a qu'une seule catégorie d'habitants, des Français à part entière !

Mais après l'indépendance en 1962, Abdel devient un rejeté de la colonisation. Il erre et termine chez nous, où avec moi il peut enfin exercer son métier. Chaque fois qu'il vient, il sent l'homme des cavernes. Je reste tout sourire, hors de question de le mettre mal à l'aise. Je le guide jusqu'à la salle de bains, ma mère lui remet vêtements propres et trousse de toilette. Une pause déjeuner, chorba, sieste, puis devoir jusqu'au soir. Il me prépare au bac. Je suis lent à la détente, il me réexplique sans rechigner, autant de fois que nécessaire. Il dort dans ma chambre, moi sur le canapé. Le lendemain, propre comme un sou neuf, il repart le visage joyeux, retrouver son coin de trottoir, dans ce pays qui a été le sien, qui ne l'a plus été, et qui l'est à moitié aujourd'hui.

Maman sait la chance de vivre en France, elle a huit ans en 1960, lorsque le FLN prend le pouvoir en Algérie.

Pas d'eau, pas d'électricité, se taire et être discret, voilà le secret pour vivre en paix. Se faire petit ne veut pas dire ne rien voir, ne rien savoir, bien au contraire. Lorsque l'on frappe à la porte, maman se cache dans une malle, l'œil collé au trou de la serrure, elle observe. Sa mère est forcée d'ouvrir et souvent les militaires ne font que s'inviter le temps d'une chorba.

Sparring

1993. Je marche vers mes dix-huit ans. Au club de Corbeil-Essonnes, les deux tontons flingueurs Marcel et Michel ont enjambé la soixantaine. Ils sont nés dans les années 1930, ils sont à l'ancienne, ils veillent toujours au grain. Michel a un physique de charpentier, une centaine de combats à son actif, un nez en forme de patate, des arcades aplaties et des paluches hors normes. On écoute avec attention ses conseils techniques et stratégies d'attaque. Marcel, le curateur, est toujours au téléphone à la recherche de la bonne affaire. Il négocie les bourses de combat, déjeune avec le maire Serge Dassault pour lui soutirer quelques maigres subventions. L'un trouve les combats, l'autre, au bord du ring, entraîne la piétaille. C'est une affaire qui roule.

Tous les jeudis, c'est mise de gants. Casqués, on enfile de gros gants pour cette séance où l'on veut se rapprocher des conditions réelles de combat.

Ce soir, Michel n'est pas là. Marcel dirige la séance. Depuis le matin, j'ai la boule au ventre, à tel point que j'ai séché les cours au lycée pour éviter de croiser un chieur susceptible de me bouffer de l'énergie pour rien. J'ai mangé équilibré, pas de frites, pas de coca, sinon c'est le pic d'insuline assuré, la fatigue générale, que même un café serré ne peut endiguer.

Dans la salle, conditionné par l'envie de bien faire, le bonjour n'est pas le même, juste un signe de main, aucun regard soutenu. L'envie de casser la gueule, ça se cultive, il faut faire attention à n'exciter personne.

Le jeudi attire aussi les boxeurs du dimanche. Bien qu'ils fréquentent le club depuis longtemps, jamais ils n'ont fait le grand saut. Ils se contentent de mater et de commenter les assauts. Au timbre de leurs voix, on devine leurs excuses : « Si j'avais comme toi envie de donner des coups, peut-être que j'aurais accepté d'en prendre. »

Mes sparrings du jour se nomment Nabil et Guy. Je n'ai encore jamais tourné avec Nabil. C'est un boxeur pro charismatique, toujours bien habillé, il porte des lunettes de soleil même les jours de pluie et se coiffe à l'italienne : Al Pacino semble être son modèle. Comme beaucoup ici, Nabil est videur dans des boîtes de nuit. Avec deux enclumes à la place des mains, touché c'est coulé, mieux vaut ne pas s'approcher. Trop sûr de lui, ne comptant que sur sa force de frappe, Nabil doit ses nombreuses défaites à son manque de condition physique. À la salle, sa mauvaise réputation est légendaire. Même lors des séances avec thématique face à un boxeur beaucoup moins expérimenté, il n'y va jamais de main morte. Le pire, c'est qu'il a pour coutume de s'excuser après. Trahi par son accent, « disolé tu peux me passer li eau sti plaît », on reconnaît le blédard fraîchement débarqué.

Mon ami Guy est l'autre sparring. C'est grâce à lui que j'ai commencé la boxe. On se connaît depuis longtemps, même s'il y a de l'agressivité, il n'y a aucune animosité. Élégant, grand, une boxe précise, une droite efficace, il est dangereux à l'entraînement, mais le jour J, les repères se bousculent, le stress l'envahit et la tension le ralentit. Il manque de sérénité, les victoires lui échappent, il gâche sa carrière par peur de gagner. Marcel s'adresse à nous trois. Brice, tu commences avec Nabil, Guy tu rentres après.

Au compteur, vingt-cinq combats amateurs, je rêve de passer pro. Ces mises de gants avec le gratin de la salle sont un cap à franchir. Marcel me livre ses conseils. Je lui accorde peu de crédit. Il n'a jamais boxé. Bien élevé, j'ai du mal à contrarier un ancien même quand il raconte de la merde.

— Brice, n'aie pas peur de prendre les coups, colle-toi à mi-distance, cherche le plexus, le foie et les côtes flottantes. Tu as compris ?

Je hoche la tête. Le bougre sait que je n'affectionne pas ce type de boxe. Le visage de Nabil se tord en un rictus vicieux, une manière de dire « c'est moi qui vais te faire ça ».

— Nabil, travaille comme tu sais faire.

En gros, ça veut dire « pète-lui la gueule ».

— Tu le cadres comme d'habitude, tu y vas mollo, c'est un gamin en face de toi, OK ?

Enfin, un mot rassurant.

— Oui, ji compris, ji vi mollo.

L'opposition démarre, le videur prend le milieu du ring, je suis effrayé. Je me déplace pour décompresser, en balançant des directs du bras avant, histoire de le dissuader de s'approcher. Et petit à petit, je suis rassuré, mes pas chassés font effet même sur un pro. Pendant un instant, je me dis qu'il est sympa et qu'il veut juste me faire travailler avant de monter en difficulté, mais il est incapable de me cadrer. J'ai de la patate dans les jambes, je peux enchaîner les rounds sans problème, mon cardio est celui d'un athlète de haut niveau. Sur une piste d'athlétisme, je cours 10 kilomètres en 33 minutes. Le blédard prend feu, je le laisse brûler. La cloche du premier round renvoie chacun dans son coin. Les boxeurs du dimanche applaudissent.

— C'est bien mon grand, super round.

Guy me fait un clin d'œil. Marcel me crie dessus, au lieu de me féliciter.

— Arrête de bouger comme une gonzesse. Lève les mains, mets la tête en avant, tu bloques, tu contres. Je veux que tu apprennes à travailler au corps.

Nabil en rajoute une couche.

— Eh ji suis pas venu faire li footing, di lui di boxer comme un boxeur.

Certain d'avoir livré une belle prestation, j'attaque la deuxième reprise vexé mais obéissant. Collé au Nabil, je ne me sens pas du tout à l'aise. Les bras levés, je reçois une première alerte. Son crochet du gauche échoue sur mon épaule, j'ai cru qu'il me l'avait déboîtée. Le blédard tape comme un salopard. Asphyxié, mon corps gringalet fait front comme un paravent se protégeant d'un ouragan. Je m'accroche à lui comme je peux, dos aux cordes, uppercut au plexus. J'ai le souffle coupé, cross du droit, pointe du menton, je suis sonné, presque KO. Crochet au flanc, j'entends des craquements, genoux à terre, cris de douleur, Marcel intervient. Je m'extirpe du ring avec difficulté.

— Ji suis disoli Bice.

Pendant un long moment, je ne me souviens plus de rien. Marcel est à côté de moi.

— C'est rien, c'est le métier qui rentre. Si c'est une côte cassée, tu en as pour quelques semaines.

Je rêve d'attraper l'extincteur et de fracasser les têtes de Marcel et de Nabil. La douleur freine ma rage. À partir de ce jour, je boxerai comme je veux. Nabil vient de rentrer dans la liste To do, un jour je le défoncerai.

Ma cité est piégée

Quand je sors de mon immeuble, je n'ai qu'à marcher une centaine de mètres pour rejoindre la place principale. Une boulangerie, un bar-tabac, une supérette, un coiffeur barbier, un arrêt de bus, une MJC. Je ne sais pas quel génie a imaginé le modèle de la cité. Il s'est inspiré des villages, mais ici, il n'y a pas de poules, que des cages, où l'on a enfermé d'anciens paysans habitués au grand air. C'est normal que les habitants débloquent.

Sur cette place, tout le monde se connaît et se croise. L'endroit est aussi paisible qu'une cocotte-minute et de temps en temps, la police y rajoute son grain de sel, quand ce n'est pas du tabasco. L'animation est alors assurée, c'est la grande bouffe, trois étoiles Michelin. La cohue s'organise, les dealers s'agitent, les refuseurs d'autorité s'excitent, se rebellent.

À côté du bar-tabac, de vieux loups se cimentent la charpente à coup de vin rouge et de bière 8.6, un ticket de tiercé dans la poche, à l'aide de biftons du RMI ou des Assedic. Je les appelle les perchés, certains se revendiquent rastafari. Ils sont cool, toujours souriants, ils planent mais le Grand Prix d'Amérique les fait revenir sur terre. Ils espèrent que le bon canasson coure en tête du peloton et franchisse en premier la ligne d'arrivée.

Devant la supérette, les prédicateurs distribuent des tracts. Des repentis devenus barbus, Nike Air aux pieds, djellaba pour se déguiser en « musulman ». Ils interpellent les passants typés métèques, sans doute coreligionnaires. Mehdi, anciennement Julien, converti depuis peu, beau blond aux yeux bleus, explique les fondements de sa religion aux personnes qu'il arrête. L'année dernière, on l'appelait Popeye, il était bronzé de janvier à décembre, il fréquentait les cabines d'UV et toutes les jolies filles du quartier se sont réchauffées à ses côtés.

En face de la boulangerie, les vendeurs de shit attendent le foncedé. L'un d'eux est en fauteuil roulant, il est toujours accompagné d'un géant, un Yougoslave de deux mètres, vêtu d'un pantalon treillis militaire et d'un débardeur blanc, qu'il neige, qu'il pleuve, qu'il vente ou sous un soleil de plomb. Un jour de descente de flics, pour faciliter la fuite de son compère, j'ai vu Doutchko le Yougo détruire un muret à coup de masse et de burin. Je l'ai renommé Génie Civil.

À l'arrêt de bus, un groupe de filles papote. Tous les regards convergent sur elles. Certains tentent de les aborder, on entend des *Wesh les meufs* par-ci, et des *Oyé sapapaya, ça vous dirait une ice cream avec mon ami et moi ?* par-là. Comme Manny dans *Scarface*, sauf qu'ici le ciel est gris.

Au milieu de cette jungle, j'attends. Je fais passer le temps, avant d'apercevoir Guy, André et Mamadou. Ils sont postés face à un mur, au plus près. Ils jouent. Le principe est simple. Éloignés de quelques mètres, chacun jette sa pièce vers le mur, celui dont la pièce est la plus proche remporte celle des autres participants. Je les rejoins, ça sent la bagarre à plein nez. Pour cinquante centimes, ils se disputent quelques millimètres.

— T'es bigleux ou quoi ? Guette la mienne, c'est la plus proche.

— Espèce de ouf, tu comptes en miles mon pote, ici, on est en France. Vas-y, j'ai gagné.

Les négociations s'étalent, c'est bon enfant, on rigole. Puis la BAC débarque. Tout le monde sait qu'ils viennent toujours à trois pour repartir avec un quatrième passager menotté. Les protagonistes se dispersent, chacun marche vers un coin avec calme. Doutchko pousse le fauteuil roulant sans s'affoler. De toute manière, son gabarit imposant le rend compliqué à interpeller.

Les policiers se dirigent vers lui, d'un pas hésitant. Doutchko s'arrête et leur fait front, il jette sa main dans la poche de son blouson. L'un des policiers dégaine son arme. Au moment où Doutchko sort une cigarette, on entend une détonation. Le policier fébrile a tiré. Doutchko allume sa cigarette, le coup de feu ne l'a pas perturbé. On pense alors que le flic a tiré en l'air. C'est en regardant à côté de moi que je vois André allongé, il a reçu la balle en plein ventre. Vivant, séquelle à vie, pas de smartphone pour filmer, bavure étouffée, quelques poubelles brûlées, j'ai pleuré en imaginant que ça aurait pu être moi.

Nourriture intellectuelle

Je suis un écorché vif. Dans ma jeunesse, je cherche des prétextes et des raisons pour me rebeller. J'ai des chimères plein la tête, l'horizon est une impasse et la cage d'escalier un four où je peux faire cuire toutes mes conneries. Un communautarisme de cité, c'est une communauté de gens limités par l'argent, rêvant de vivre comme s'ils en avaient. Presque tout le monde est encore imbibé du traumatisme colonial. La violence quotidienne ne surprendrait pas un chimiste qui sait que soufre et zinc ne se mélangent pas. Alors l'école est un grand bol d'air.

En primaire, ma matière préférée était l'éducation physique. Petit gabarit, je traîne avec les grandes gueules. Au collège, je m'intéresse aux cours quand le prof est sympa. Au lycée, je me concentre sur les matières à forts coefficients.

1993, j'entre en fac, DUT d'informatique par facilité. Au quartier, c'est moi le bricoleur de radio, le pirateur de décodeurs Canal+. L'université, c'est mon passeport. Sortir de la cité et s'ouvrir à d'autres horizons. Je suis fier d'être là.

Lors de mon premier jour, assis dans l'amphithéâtre, un étudiant de deuxième année entre. Complice du prof, il passe dans les rangs pour récupérer nos cartes d'identité. En échange, il nous remet à chacun un sac-poubelle et un rouleau de papier toilette avant de monter sur l'estrade. Au micro, il explique le déroulement de la journée, plus communément appelée bizutage.

— Bonjour à tous, j'ai une mission à vous confier. Pour bénéficier des conseils des deuxièmes et troisièmes années et pouvoir assister à la grande soirée disco que nous organisons ce week-end, vous devez vous rendre au centre commercial d'Évry, habillés du sac-poubelle que je vous ai remis et vendre aux passants un maximum de papier toilette.

L'idée ne me séduit pas du tout, nous n'avons pas la même définition de l'intégration. Quelques jours avant, je me suis fait braquer alors que je livrais une pizza, fusil à pompe sur le front, le jeune me sommant de lui donner la margarita. Ces jeunes traînent au centre commercial, impossible qu'ils me croisent dans un accoutrement ridicule en train de vendre du PQ. J'ai une réputation. Je suis boxeur. Je suis un grand du quartier à présent.

Surtout, je suis à la fac et pas pour faire le mariole, je suis là pour moi, pour ma mère, pour mon futur.

J'en ai assez entendu. Je me lève, je me rends jusqu'à l'estrade et gentiment, je demande au jeune homme de me rendre ma carte.

— Pourquoi tu te mets des bâtons dans les roues ?

L'étudiant demande à tout l'amphi de me huer, trois cents étudiants. Je suis agacé, je me sens attaqué.

— Je te donne dix secondes.

— Et sinon quoi ?

Depuis que je boxe, mon rapport aux autres a changé. Je ne me sens plus « moins qu'eux », mes colères sont plus modérées. Du moins, je les maîtrise et sais les provoquer. Je puise ma force dans la faiblesse de l'autre. Et à mes yeux, mes quelques défaites sont dues à mon refus de la victoire, j'ai laissé l'autre triompher.

Le « sinon quoi », je le perçois comme une menace, mais pas au point de vouloir lui arracher la tête. Ma dégaine de banlieusard, mes arcades abîmées, mon nez écrasé sont un excellent bouclier contre les loups qui désirent tester leur virilité. Ce mec a un physique de Joker, une frange sur le côté et un visage de poupon. Maintenant que je boxe, je le sais, sa défiance cache une sérieuse fragilité. Il veut m'entraîner dans un registre qu'il ne maîtrise pas, il ne se doute pas de la violence des mots que je peux lui infliger. Peut-être qu'il s'en fiche. C'est un suicidaire. Il y a des boxeurs suicidaires. Ils gagnent rarement. Mais quand ils gagnent, c'est flamboyant.

Lorsqu'il me repose de nouveau la question, il ajoute un soupçon de féminité.

— Et sinon quoiiii, hein, tu vas faire quoiaaaa ?

Je viens de comprendre la solution à mon problème. Il est homo. L'homosexualité est un désir, longtemps opprimé, persécuté, en recherche d'identité et certains développent des défenses, un rapport au monde que je ne connais pas encore. En quelques secondes, l'ordinateur dans ma tête analyse la situation, nous avons des points communs. Mieux vaut désamorcer la situation.

— Sinon rien ! J'ai juste besoin de ma carte d'identité, je ne ferai pas ce que tu demandes.

À son tour, il vient de comprendre qui je ne suis pas. Un étudiant soucieux d'être aimé et de se faire des amis. Son intégration à la con, c'est ce que les politiques nous imposent depuis toujours. Il faut faire ce qu'on nous dit, parfois avec brutalité. Nous n'existons pas, nos idées, nos manières, nos vécus, nos sensibilités n'existent pas. Envoyer un jeune de banlieue se promener au centre commercial qu'il fréquente dans un sac-poubelle, c'est peut-être un amusement pour lui, pour moi, c'est une insulte. Ça ne me fait pas rire.

— Très bien, pas de problème, excuse-moi. J'te repasse ta carte.

Nos mondes se sont affrontés l'espace d'un instant. Nous avons boxé avec les mots et en croisant le fer, chacun s'est ouvert l'esprit.

Pendant mes années d'études, je dois travailler pour soutenir la famille. Animateur de quartier, livreur de pizza, l'université c'est le parfait compromis. Je peux gérer un emploi du temps de ministre ouvrier. La boxe dans tout ça ? Un uniforme, on a peur du képi, on fait attention à un homme qui porte des gants. Une bonne baston, quelques neurones en moins, c'est aussi ma bière et mon bédo à moi.

À l'université, je me sens très libre. J'apprends énormément, l'informatique me passionne et les années défilent sans que je m'en rende compte. Lorsque je passe ma maîtrise, il me tarde de retrouver Abdel Walid, l'ami de ma mère. J'ai besoin de son magique coup de craie. Malheureusement, au foyer où il mange de temps en temps, on nous informe qu'il a quitté ce monde. Je me sens égoïste et triste, je n'ai pensé à lui que lorsque j'en avais besoin. Ce jour-là, ma mère fait une prière, prépare un couscous et le soir, elle me demande de l'accompagner. Elle offrira ce repas aux SDF du quartier.

— C'est la seule chose que l'on puisse faire mon fils, prier et partager ce que l'on peut.

Quatre-vingts points

Zéro point pour la défaite, trois pour la victoire, le match nul rapporte 1 point. Un minimum de quatre-vingts points requis pour faire une demande de licence professionnelle. 37 succès, assez pour tenter ma chance chez les rémunérés.

12 juin 1997. Vingt-cinquième combat dans les rangs amateurs. J'espère mon dernier. Gymnase municipal de Montargis. Cinq francs l'entrée, une centaine de tabourets. On est loin des vingt mille places du Madison Square Garden. Dans une petite manifestation sportive, on trouve toujours le même type de public. Les amis proches, membres de la famille aux visages tendus car leur protégé va risquer sa vie ; les initiés, là pour admirer fulgurance et élégance ; les avisés, fans de performance, boxe, foot, rugby, ils assistent à tous les événements ; les curieux, eux ont hésité entre ici et la fête foraine ; les sanguins, bourrés dès midi, ils veulent du KO sinon remboursé.

Je n'ai prévenu personne pour ce combat. Lorsque mes potes du quartier font le déplacement, ça s'entend et ça se voit. Affrètement, bus de la MJC, grands Noirs costauds, Reubeus bruyants, Pakistanais effrayants. Les vertus de la frousse font leur effet. Intimidé, le camp adverse décide parfois de me supporter.

Sur le ring, on entend tout. Ma boxe est atypique, mon visage est souriant, mes déplacements de danseur mettent un paquet de boxeurs dans le vent et suscitent parfois des commentaires désobligeants. Oui, je souris. Pas par provocation. J'ai juste lu dans une revue que sourire produit des endorphines et met le cerveau dans un état de détente. Exactement ce dont j'ai besoin. Émoustillé, l'adversaire veut me faire payer ce faux témoignage de sympathie. Son intention de me boxer se transforme en désir profond de me casser la bouche. C'est contre-productif, il se court-circuite les nerfs, ses mouvements sont ralentis. C'est encore plus facile de le déjouer.

Je ne suis pas un showman. Aucune extravagance dans mes entrées. On va même dire que je souffre d'inattention. Il m'arrive de porter des chaussettes de couleurs différentes et des tee-shirts à l'envers. Pour moi, ce sont des détails, du hors sportif, les vrais détails résident dans la concentration et la préparation. Le reste, du bavardage.

Être humble et champion, je veux accorder ces deux mots. C'est ce que j'espère être et ce que je veux devenir.

— Eh la putain de boxeuse, arrête de bouger comme un gros pédé.

Le spectateur est un acteur, lui donner le rôle de figurant prend du temps. Il faut le laisser jouer son rôle, ne pas entendre, il n'attend que ça pour prendre la lumière. J'ai mis quelques années à construire mon isolement.

Ce jour-là, j'ai gagné sans héroïsme, victoire technique, aux points, à l'unanimité. Fini les amateurs. La saison prochaine, à moi les six rounds de trois minutes. Sans casque, torse nu, avec des bandages durs et des gants plus petits. J'ai hâte.

Premières amours discrètes

1997. J'habite Évry, je sous-loue un appart à notre voisin de palier, Cissé, un jeune Sénégalais, ancien chef de bande repenti devenu marabout... Il résout les problèmes de couple, improvise des grigris pour combler les manques de « virilité », les problèmes d'érection, décrocher un emploi ou réussir un examen. Quand il part plusieurs semaines en Afrique, il me permet de louer son appartement à petit prix. C'est là que j'ai accédé à ma première indépendance. Ici, maman ne peut pas m'épier, j'ai mon intimité.

Pour Cissé, c'est aussi une manière de s'assurer que personne d'autre ne squatte chez lui. C'est déjà arrivé dans l'immeuble voisin : vous partez en congé, des gens débarquent chez vous, changent les serrures et s'y installent impunément. Ce que Riad Sattouf raconte de la Libye dans *L'Arabe du futur*, c'était une réalité dans nos HLM de l'Essonne. En même temps, dans notre coin, certains dirigeants politiques sont des Kadhafi sans armée... Même folie, même népotisme, même paternalisme, même déni de la détresse et de la pauvreté.

Quelle idée d'occuper l'appartement en face de celui de maman ! Lorsqu'elle entend du bruit dans le couloir, elle guette par l'œil-de-bœuf. Un réflexe qu'elle a gardé de son enfance, quand elle se cachait dans la malle. Savoir qui vient me rendre visite lui importe ! Et les fois où un ou une inconnue frappe à sa porte, maman est d'une discrétion légendaire. Elle répond effrayée :

— Il n'y a personne.

J'ai horreur qu'elle me voie faire rentrer une poule chez moi. L'idée qu'elle m'imagine le zizi à l'air, en train de dire à Sophie « T'es trop bonne ! », me met mal à l'aise. Je ne parle jamais de sexe à la maison. Lorsque je regarde un film en présence de maman, si des nichons apparaissent dans une scène, je détourne vite l'attention. Je me lève et je lance :

— Merde ! J'ai oublié.

Du coup, ma mère sursaute.

— Tu as oublié quoi mon fils ?

Là, je réponds :

— Je sais plus, j'ai oublié.

C'est fait, je viens de flouter la scène érotique, je me rassois, je suggère qu'on change de film. C'est probablement pour cette raison que j'adore autant les films de cow-boy, les Clint Eastwood, Audiard et Louis de Funès. Avec eux, aucun risque de gêne, toutes les scènes sont politiquement correctes de sept à soixante-dix-sept ans.

L'éducation sexuelle est déterminante pour l'épanouissement d'un homme. La mienne est un apprentissage burlesque. À douze ans, un ami nous prête sa cave, un autre apporte une télé, un magnétoscope, une cassette vidéo. C'est parti, on s'assoit, on s'astique de manière collégiale. À quinze ans, j'essuie le premier fou rire de Justine, dix-huit ans, déjà expérimentée, les grands du quartier la connaissent. Dans un bois, une nuit de juillet, je déroule un préservatif trop grand, j'entends du bruit à mes pieds, c'est un écureuil venu se rincer l'œil. Je sursaute, l'animal s'enfuit, le mien ne se dressera pas. J'ai le short aux chevilles, Justine pète de rire, se rhabille et s'en va. Mes premiers cours de sciences et vie se font à l'occasion d'une balade dans le quartier de Strasbourg-Saint-Denis à Paris. Chaque arrêt est une bandaison. Nous interpellons une dame de joie.

— C'est combien ?

— C'est dix-huit ans.

Les rêves de cavalcades se terminent en cavale, poursuivis par un proxénète qui n'a pas apprécié nos insultes envers « sa » dame. Quel bel après-midi, nous apprenons que le sexe a un prix.

Petit à petit, j'apprends. Et grâce à l'appartement de Cissé, ce sont de véritables cours particuliers. D'abord, il faut se cacher. Je connais par cœur le mode opératoire de maman, alors je bouche son œil-de-bœuf en y collant un chewing-gum. Lorsqu'elle fait sa ronde, elle s'aperçoit que le champ est sombre. Panique à bord, coup de fil dans la foulée. Je la rassure, un plaisantin a dû passer. Mon amie du soir est bien installée, je me lève, décolle le chewing-gum pour ouvrir la paupière de l'œil-de-bœuf et quand elle doit partir, j'endors à nouveau ma mère.

La vie est une chance,
lui tourner le dos est un crime

Évry 1995. Place de la Commune. Rétroprojecteur. PSG vs Marseille, devant un camion à pizza. 2 à 0 pour les Parisiens. Buts de Gomes et George Weah. Hémicycle autour d'une quatre fromages, on refait le match en étalant notre culture.

— George. Obligé il est ballon d'or cette année !

— Jacques Chirac président, le bruit et l'odeur, la vérité, il a déconné.

— Monica a sucé Bill Clinton, tu crois qu'elle a avalé ?

— Retour sur les parquets, Michael Jordan de nouveau chez les Bulls de Chicago.

— Attentat RER, fils de pute de GIA.

— Léon Zitrone a clamsé, *Intervilles* va nous manquer.

J'ai parié avec Karim, je repars avec une Renault 4. Deux cent mille kilomètres au compteur, vitres bloquées, coffre fracassé. Si Marseille l'avait emporté, je lui aurais cédé ma Peugeot 103 XP. Le lendemain, ma nouvelle carriole m'emmène au centre commercial. Dans un pari, y'a toujours un con et ce n'est pas forcément celui qui perd. Bruit de moteur bizarre, moisissures, odeur cadavérique, contrôle technique pas OK et je n'ai pas pris le temps d'assurer le vieux tacot. Le parking est plein, je me gare à un kilomètre de l'entrée principale. Je viens faire les courses et ce qui me plaît, c'est la balade juste après.

Mon sac à dos rempli de bouffe, un pack d'eau dans chaque main, je me rends au magasin de sport. Nike vient de sortir la dernière Air Jordan, je veux voir ça de près. Je suis étudiant, boxeur, livreur, animateur. Travailler plus pour gagner plus, c'est mon credo avant l'heure et honnêtement, je gagne moins qu'un dealer, mais je dors mieux.

Ce soir, j'ai rencard avec belle poitrine. Une blonde aux yeux verts rencontrée à la fac hier devant la machine à café.

— Salut, j'ai vu ta photo dans le *Parisien*, y'avait un article sur toi, t'es boxeur ?

— Ouais, t'es dispo ce soir, on se fait un ciné resto ?

— Tu n'y vas pas par quatre chemins toi !

— Donne ton adresse, je viens te chercher à 20 heures.

— OK.

Je la laisserai décider du film. Puis McDo ou KFC. Et en fin de soirée, *ça te dit qu'on aille boire un verre* ?

La soirée va me coûter un p'tit billet, je vais attendre pour les Air Jordan. Je repars bredouille, mais j'ai le sourire aux lèvres en y pensant. Messieurs X et Y, gitans du même âge que moi, passent à ce moment-là. Je les connais d'un copain de copain.

— Ça va les gars ?

— Ouais, on est là, tranquille, il dit quoi le gadjo ?

— Ça va, pépère.

Parfois, on propose un service, certain que l'autre va refuser.

— Suis en caisse, si vous voulez, je vous ramène ?

— Sympa mon copain, si t'es en vago, on passe d'abord à la boutique Breitling, et on vient avec toi, OK ?

Merde.

— Oui, oui, pas de problème.

Je les attends à l'extérieur. Au bout de cinq minutes, j'entends du bruit. Je rentre la tête pour voir ce qui se passe. Les deux narvalo embrouillent la vendeuse. Elle ne veut pas les laisser essayer les montres à dix mille. Faut que je calme l'affaire. Trop tard, X, derrière le comptoir, plaque la dame contre le mur. Sorti de nulle part, marteau à la main, Y tape sur la vitre où sont exposés les joyaux. Avant de déguerpir, les deux balais à chiottes se servent comme à la cantine. Coups et blessures, poches remplies de deux à cinq ans de prison. Complice malgré moi, au lieu d'assister la dame brutalisée, je préfère courir. Si la justice m'attrape, elle dira que je faisais le guet.

— Monsieur le procureur, je ne sais pas où ils habitent et comment ils s'appellent.

L'avocat de la partie civile invoquera le code d'honneur.

— M. Faradji ment, il habite un quartier où les balances sont mal vues. Je requiers une peine incompressible de deux ans.

Je mets toutes les chances de mon côté. J'abandonne packs d'eau et sac à dos. Je cours jusque chez moi. Je n'ai pas dormi pendant un mois, la police n'est pas venue toquer. La fourrière a récupéré ma voiture. Je me suis battu avec X. Un an après, Y a fini six pieds sous terre pour une funeste raison. J'ai acheté les Nike Air Jordan, j'ai décalé le rencard et ça s'est passé comme prévu. La vie est une chance, lui tourner le dos est un crime, il faut que je me sorte de ce merdier.

Costume-cravate

Septembre 1997. Boulogne-Billancourt. Journée d'intégration dans les locaux d'Alten Technologies. Pour arriver à l'accueil, il m'aura fallu 400 CV, dix réponses, cinq refus, quatre on vous rappellera. L'ascension du mont Alten risque d'être plus longue que celle de l'Himalaya.

Je suis déjà embauché, pourtant je suis flippé. Dans la grande salle de séminaire se trouve une cinquantaine de personnes, les nouvelles recrues, commerciaux et chefs de département. Ma peur ressemble à celle d'un dimanche de compétition au gymnase de la porte Pouchet, à Paris. Pesée à 10 heures, visite médicale, combats à 14 heures. En arrivant, on se précipite sur les tableaux d'affichage, comme pour les résultats du bac. Ici, c'est un tirage au sort, on cherche le nom de l'adversaire en face du nôtre. Du poids mi-mouche (moins de 49 kilos) au poids lourd (plus de 90 kilos), il y a quatorze catégories d'écart. 2,5 kilos séparent chacune d'elles. À peine descendu de la balance, torse nu, tous poids confondus, on fait la queue pour rencontrer le toubib. Il vérifie que la pression artérielle n'est pas trop haute, que les mains ne tremblent pas, que le cœur ne s'emballe pas. Regard en chien de faïence, le nom de l'adversaire en bouche. J'essaie de reconnaître un Rachid parmi toutes ces caboches aux coupes rasées sur les côtés et au teint basané. Un casse-tête. Ça rassure de découvrir que pour passer le tour d'après, on doit tabasser un petit et pas musclé. Si le type a pecs et abdos démesurés, les timorés attrapent des grippes carabinées. Lors des premières compétitions, la trouille au ventre, mes yeux voient triple. Un cafard me paraît aussi imposant qu'un alligator.

Chez Alten Technologies, il y a moins de suspense. Rétroprojecteur, organigramme, tout en haut, le poids lourd c'est le patron, les lignes du bas, on nous explique qui est chef de qui. Tout le monde est tiré à quatre épingles. Avec ma Swatch au poignet, mon costume H&M, mes Timberland, je suis censé coder du C++ sur un clavier et je suis le seul qui ressemble à un chef de chantier. Chacun son style. Sur un ring ou ailleurs, s'adapter, ça ne veut pas dire faire comme les autres. Surtout quand on n'en a pas les moyens.

Me marier, moi ? Jamais

Je suis dans le bus en direction de la salle de boxe. Ma tête posée contre la vitre, je m'endors entre deux stations. Sale journée, j'ai codé des logiciels toute la journée, et mettre une tarte dans sa gueule à ce bureaucrate sorti de HEC m'aurait fait autant de bien que de mal. Qu'est-ce qu'ils ont tous à vouloir me tester ? Je travaille comme un damné, quand est-ce que le destin va récompenser ma détermination et conjurer le déterminisme ? Le réveil a sonné à 5 h 30, je suis arrivé au bureau à 8 heures, parti à 18 heures. J'ai un contrat de sportif de haut niveau. Cela implique que parfois lorsque j'ai des combats, je peux me dégager du temps pour me préparer. Enfin, en théorie.

Quand on fait trop de choses, on finit par tout faire à moitié et en réalité, c'est du défaitisme, car si un projet ne fonctionne pas, on peut toujours se raccrocher à un autre. Mes jambes sont engourdies, j'ai le cerveau saturé et le moral dans les chaussettes. Pendant le trajet, je négocie avec ma flemme. Elle suggère de rentrer chez moi me reposer. Pas question de l'écouter, deux semaines sans m'entraîner, c'est trop. Faut aussi que j'appelle ma mère, demain c'est son anniversaire. Mon statut d'ingénieur, c'est sa fierté. Tout le quartier est au courant. Pour elle, l'homme qui réussit est bardé de diplômes, on l'appelle Monsieur. Il porte un costume-cravate, marié, femme gentille, belle et éduquée. Au téléphone avec une amie, voici ce qu'elle raconte :

— Je ne te l'ai pas dit, mon fils est ingénieur.

Je suis à côté, maman me colle le téléphone à l'oreille.

— Tu es ingénieur en quoi ? Depuis quand ? Il ne reste plus qu'à te marier. J'ai une nièce pour toi. Elle fait des études d'infirmière. Tu as beaucoup de chance, elle est encore célibataire. Inch Allah, vous allez faire de beaux enfants. Allez, maintenant repasse-moi ta mère.

Depuis un mois, fin de mission, je suis de retour dans les locaux d'Alten. J'attends un nouveau contrat. La plupart des ingénieurs consultants cherchent à se faire embaucher par le client. Moins de travail, meilleur salaire et plus de stabilité. Je me lasse vite, je suis ambitieux et cette pseudo-sécurité ne m'enchante pas. Après huit mois de mission chez Alcatel Submarine Networks, je refuse un prolongement de projet. Ma carrière de boxeur professionnel est dans le vert, je suis invaincu depuis 1998, je monte tranquillement dans les classements. L'année prochaine, je participe à la coupe internationale de France, une compétition à laquelle peuvent également participer des boxeurs étrangers. Le niveau est plus relevé qu'en championnat de France et de six, les rounds passent à huit.

Avalanche sur le mont Alten

Laurent, HEC, embauché depuis un mois, est déjà mon supérieur hiérarchique. Il n'en a rien à foutre de mon statut de sportif de haut niveau. Ni même de mon palmarès chez Alten. Ratp, Renault, Schlumberger, Alcatel, depuis 1997, j'ai quand même fait gagner un peu de sous à la société. Ça ne les dérange pas de me proposer une mission de longue durée dans un bled où la salle de boxe la plus proche est à 100 kilomètres. Après deux refus de ma part, la situation s'envenime. Vivre de la boxe est impossible, 90 % des boxeurs professionnels sont dans mon cas. Ils sont obligés de cumuler avec un autre emploi. Environ trois combats par an, payés entre 500 à 1 500 euros, pas de quoi tirer des plans sur la comète.

Laurent, lui, a les armes pour gravir le mont Alten. Il sort d'une bonne école, il a les codes. Ce n'est pas son carriérisme qui me contrarie. C'est son pragmatisme qui laisse à désirer, son bon sens est à chier. Il me cherche des poux alors que je suis un lieutenant fidèle. On dirait qu'il veut plutôt un chien. Cet après-midi, il m'a demandé si je pouvais lui apporter un café. Je suis tellement scié que je n'ai pas la présence d'esprit de l'envoyer balader. De retour avec un gobelet dans la main, alors que je marche dans le couloir, je me dis *Aujourd'hui c'est fini.* Je retourne à mon bureau sans lui apporter son café. Laurent débarque dans l'open-space et, au milieu d'une dizaine de collègues, d'un ton menaçant et méprisant, presque stupide, il me demande où est son café.

— Tu ne regardes pas tes mails ?

— Tu m'as envoyé un mail ?

— Oui, si tu bossais, tu aurais vu que je t'en ai envoyé deux.

— Tu m'as aussi envoyé te chercher un café.

Le regard noir, Laurent se rapproche, lève les mains, puis tape fort sur ma table.

— Arrête de me prendre pour un con !!!

Je sursaute, la moutarde me monte au nez, je suis pris d'une envie folle de le baffer. Ce connard serait trop ravi de signer la fin de mon contrat, voire de m'envoyer croupir à Fleury. Les collègues sont stupéfaits, certains admirent la poigne de Laurent. C'est le grand silence. Je me lève, je mets ma fougue sous cloche et, dans mon regard, il lit que je suis capable du pire. La pauvre table se fait violenter une seconde fois ! Cette fois par moi, et il faut savoir que j'ai les mains dures comme de la brique.

— Tu vois, je sais taper moi aussi, imbécile. Et tu vas faire quoi maintenant ! Lever la main sur moi ?

Laurent ne bronche pas, il baisse la tête et s'en va. Je range mes affaires.

Dans le bus bondé, un coup de frein brutal me réveille de ma sieste. Une dame âgée me sourit, elle est debout, je lui cède ma place. Prochain arrêt Ambroise-Croizat à Corbeil-Essonnes, c'est là que je descends. Ce sera mon dernier jour chez Alten.

J'ai dit oui

15 mai 2001, 20 heures. Pour se laisser pousser le bide, rien de mieux que d'éviter le sport pendant deux semaines. Maintenant que je n'ai plus de travail, je vais avoir le temps de me refaire une santé. Marcel est étonné de me voir. Il pose son téléphone.

— Tu tombes bien, j'ai un combat pour toi. Samedi, 65 kilos ?

Il n'y a personne à part moi. Ce n'est pas une erreur. Accepter ce combat pro serait du suicide. Samedi, c'est dans quatre jours et en montant les quatre étages du gymnase, je suis tout essoufflé. Je dois être au moins à 71 kilos. C'est terrible mais avec l'expérience, on n'a plus besoin de se peser, on lit dans son corps. Le moindre bourrelet est un signe. Marcel attend, je marque un temps.

— Oui, c'est OK pour samedi.

— Monte sur la balance, je vérifie ton poids.

Je ne refuse jamais une proposition de combat. L'aiguille s'arrête sur 71,2 kilos.

— Houla ! T'as bien mangé ces derniers temps, ce combat va te faire du bien.

— C'est chaud Marcel, y'a 6 kilos.

— Fais le maximum, il n'y a pas d'enjeu. Ils ne diront rien, si tu arrives légèrement au-dessus.

— C'est où, contre qui et c'est combien ?

— Las Palmas, dans les Canaries, un combat de reprise contre un Anglais et tu vas toucher 1 500 euros.

C'est bien payé. Ça va rembourser mes frais : électrocardiogramme, IRM, fond de l'œil, prise de sang, protège-dents sur mesure, short, coquille et chaussures de boxe.

Mon premier adversaire, c'est le poids. 6 kilos à perdre en trois jours. L'addiction au sucré et surtout gober sans mâcher ne m'aident pas. Un paquet de gâteau ne passe jamais la nuit dans mes placards. Je crois que j'ai besoin d'une psychanalyse pour soigner la peur du manque. Le plat à peine posé sur la table, il faut que je me l'accapare, peut-être de peur qu'on me le vole. Je dévore de manière raptique. Lors de mes premiers rendez-vous galants, j'ai commencé à me soigner et mon comportement à table s'est civilisé. La serviette sur les genoux, je fais semblant d'écouter les commentaires sur les goûts, saveurs et subtilités. Au deuxième dîner, si j'ai conclu après le premier, en deux coups de fourchette, l'assiette est vidée, adieu les mignardises, le dessert est en ligne de mire.

Pour maigrir, je dois courir lentement et longtemps, habillé d'un pantalon et d'une veste K-way pour suer un max. Deux heures plus tard, de retour à la salle, Marcel m'attend.

— Je te ramène chez toi ?

— J'veux bien, merci.

Au volant de sa voiture, il me confie prendre du plaisir à voyager avec ses boxeurs.

— Tu verras, après quarante-cinq ans de mariage, ça fait du bien de passer du temps hors de la maison.

— J'te crois. Moi, ça me fait du bien de ne voir ma copine que quarante-cinq minutes par semaine.

Trois jours plus tard, le 18 mai. 7 heures du matin. Nous sommes au terminal 1 à Roissy Charles-de-Gaulle. J'ai passé deux jours sans manger, j'ai couru deux heures par jour, j'ai enchaîné par trente minutes de corde à sauter dans un sauna à 80 degrés. Il fallait que je sèche, le meilleur moyen était de transpirer. C'est débile. Malaise, vomissement, la veille j'ai cru que j'allais y rester. Surtout, je n'ai pas fermé l'œil avant 3 heures du matin à cause de la faim. Avant de partir, la balance indiquait 66,5 kilos. Encore 1,5 kilo en trop. Le vol est prévu à 9 heures, j'attends Marcel devant le Brioche Dorée. Il arrive, habillé d'une chemise jaune hawaïenne. Je le connais par cœur, il aime se pavaner avec dès que le thermomètre dépasse 20 degrés. Marcel semble soulagé de me voir. À ses pieds, je découvre une nouveauté, des claquettes en cuir marron. Son gros orteil brille, Marcel a osé lui ajouter du vernis... Niveau style, je ne suis pas beaucoup mieux, même si je pense être le roi de la sape : casquette, survêt, Stan Smith aux pieds. Heureusement que l'accès à l'avion n'est pas soumis au bon vouloir d'un physio de boîte de nuit.

— Ça va ? Tu as minci, ça se voit sur ton visage.

— Ça peut aller.

— Assieds-toi, je vais chercher un café, tu veux quelque chose ?

— Un burger-coca frites s'il te plaît !

— Hein ?

Les billets d'avion traînent sur la table, j'espère une place côté hublot, et pas au fond de l'avion. 32F Paris-Amsterdam, c'est quoi ce bordel ! Marcel revient, plateau plein, pains au chocolat, sandwich, café.

— Marcel, on va à Amsterdam ?

En route, il a déjà bouffé une viennoiserie, la bouche pleine, il postillonne des miettes de croissant en m'expliquant des trucs incompréhensibles et me tend d'autres billets d'avion. Amsterdam-Madrid, Madrid-Las Palmas, l'arrivée est prévue ce soir à 20 heures.

— On prend trois avions. Il n'y avait pas de vol direct.

Dix heures de vol. L'équivalent d'un voyage en Thaïlande. Je regarde de nouveau les billets, pas de surprise, on est en éco. Je me résigne.

— OK, Marcel.

Détendue, la bête continue de mâcher son croissant.

— J'vais me prendre une bouteille d'eau, tu ne veux toujours rien ?

Un billet en première classe s'te plaît.

— Ah, une prochaine fois peut-être.

Dans l'avion, un Hollandais costaud est assis à côté du hublot, Marcel est trop large pour prendre le milieu. Je suis maudit, je dois m'asseoir droit comme un piquet entre des épaules larges et rien à part un crash ne peut me faire bouger. Je tente de dormir. Ça va mieux entre Amsterdam et Madrid, un siège se libère entre lui et moi.

— Une petite collation, un sandwich, un café ?

Chaque passage de l'hôtesse est une épreuve, je deviens mauvais. Je me retiens de lui faire un croche-pied et de lui crier : *Ta gueule connasse, dégage de là, ramène-moi une perfusion, je suis sur le point de crever.*

De Madrid à Las Palmas, Marcel lâche quelques infos.

— Ton adversaire est gaucher.

Super, ça fait des mois que je n'ai pas boxé avec un gaucher. L'arrivée est dans une heure, Marcel s'endort.

Menteur

Vendredi 18 mai 2001, 21 heures. Aéroport de Las Palmas. À l'atterrissage, les passagers applaudissent. Ce sont en majorité des vacanciers venus se détendre dans la jolie station balnéaire qu'est Las Palmas. Alors que l'avion roule vers le parking, Marcel, trop pressé, se lève pour attraper son bagage à main. L'hôtesse au micro lui somme de s'asseoir. Mon portable vibre, les messages affluent.

— Je t'aime mon fils.

— On est avec toi.

— Inch Allah, tu vas le niquer ce bâtard.

— Vodafone, 50 centimes le texto, 1 euro la minute.

21 h 30. Marcel a récupéré son bagage, le mien s'est égaré. On nous indique qu'il arrivera demain via le prochain vol.

22 heures. Sortie de l'aéroport, une pancarte à mon nom, nous montons à l'arrière d'une camionnette.

Quatre autres clampins sont déjà installés, ils portent des tee-shirts marqués Roumania. Vu leur gueule, ça serait étonnant qu'ils viennent d'ailleurs. Le chauffeur est tout heureux de nous voir, il nous tend l'affiche du gala et démarre. Dans la voiture, il fait au moins 25 degrés, je me mets à trembler, je suis en hypothermie ou terrifié par ce que je lis sur l'affiche. Mon adversaire est Junior Witter, champion du monde WBF, challenger mondial IBF. Il doit y avoir une erreur. Je tapote l'épaule de Marcel.

— C'est quoi ce délire ?

— Ne t'inquiète pas, c'est dans tes cordes.

— Hein, t'es fou, tu veux que j'me fasse tuer !

— Il y aura Bernard Ross, promoteur influent. J'veux qu'il te voie boxer.

— T'as dit que c'était un combat de reprise !

— Non, je ne t'ai pas dit ça !

— T'as dit quoi alors ?

— Je sais plus. Maintenant on est là, ça va bien se passer.

Je n'ai qu'une licence de boxeur de troisième série, seulement huit combats pros au compteur. Dans ma catégorie, je n'apparais même pas dans le top 20 des boxeurs français. Boxer avec ce type est un délire, si je compare notre rencontre à un match de foot, ce serait Corbeil-Essonnes contre le FC Barcelone ! Salopard de Marcel, ma seule chance de l'emporter serait d'étrangler l'Anglais dans son sommeil. Qu'on me donne son numéro de chambre, j'vais lui régler son compte et je m'occuperai de Marcel après.

— J'fais comment s'ils retrouvent pas mon sac à l'aéroport ?

— Je prends toujours un protège-dents en plus, on trouvera un short, une coquille et, pour les chaussures, tes tennis devraient faire l'affaire !

Suis foutu, l'esclavagiste a réponse à tout.

22 h 40, à l'hôtel, nos adversaires ont déjà rempli les formalités, pesée et visite médicale. Les organisateurs nous pressent, la balance est sur l'estrade. Avec les collègues roumains, nous attendons le délibéré en calbar. C'est gagné, je suis en dessous du poids. Le médecin me fait le check-up d'usage : tension basse, battements de cœur élevés.

— C'est limite, mais une bonne nuit devrait vous requinquer !

À minuit, je monte dans ma chambre. Je n'ai pas d'appétit alors que je devrais manger. Mon repas est bref et silencieux. Je suis seul et c'est tant mieux. Lors de notre dernier déplacement, j'ai partagé ma chambre avec Marcel. Le vieux n'a aucune pudeur, il se trimballe en slip kangourou, le bide à l'air, la brosse à dents en bouche, Philippe Bouvard à la radio, ou avec le journal *Le Parisien* en mains, il me fait la lecture à haute voix.

Non, il va pleuvoir demain !

Ah, le PSG a gagné contre Guingamp.

Alors qu'est-ce qu'ils disent pour les capricornes !

La nuit, l'orchestre bat son plein, ses ronflements sont hallucinants, je pète les plombs. Tic, tac, chut, coup de coude, prout, rien ne marche. Le lendemain est éprouvant. Après cette nuit blanche, je suis fatigué avant même de monter sur le ring pour un combat de merde.

Esprit es-tu là ?

Samedi 19 mai 2001, 8 heures. Hôtel, Las Palmas. Le matin, j'ai un petit mal de gorge, j'ai oublié d'éteindre le ventilateur au plafond. Niveau forme, pas de miracle, retour au point mort, je ne suis quasi pas entraîné et pas plus rassuré que les jours précédents. Ce soir, vaincre l'Anglais sans compter sur une force surnaturelle relève de la bêtise. J'ai des grigris hérités de l'influence africaine de mes origines méditerranéennes. Je vais essayer une nouvelle incantation : toucher le sol avec la main droite, inspiration profonde, cinq secondes en apnée, expiration profonde de dix secondes, petite claque sur la joue gauche, friction de la tête avec deux mains. Pour finir, je m'assois sur le lit et je joins mes pieds.

Je me douche, m'habille, me parfume. Je descends au petit-déjeuner sans prendre l'ascenseur par superstition. En descendant les escaliers, je compte les marches.

Trente-sept. Un signe. Est-ce le nombre de mes futures conquêtes amoureuses, un numéro de loto ou juste mon quotient intellectuel ! Il fallait vraiment être con pour avoir accepté ce combat.

Sous un ciel bleu, un soleil radieux, je commande sucré et salé : poulet, fromage blanc, jus de pomme, café au lait. Ce sera mon seul mais copieux repas de la journée. Jusqu'à ce soir, je ne vais boire que de l'eau, pour ne pas me fatiguer avec la digestion. Je m'accorderai une simple barre de céréales avant de monter sur le ring. Les boxeurs roumains sont aussi sur la terrasse de l'hôtel. L'un d'eux étale de la crème solaire sur le dos des autres. Franchement, c'est peut-être un peu macho, mais c'est pas mon genre. Je préfère brûler au troisième degré plutôt que de supporter un type me caressant le dos. Marcel est allongé sur un transat. Journal à la main, on dirait un détective privé des îles. Il ne m'a pas vu. Il regarde dans ma direction. Trop tard. Par politesse, je suis obligé de le rejoindre.

— J'ai d'excellentes nouvelles pour toi.

Qu'est-ce qui pourrait me faire plus plaisir que d'entendre que le combat est annulé !

— On a retrouvé ton sac de sport à l'aéroport.

— Super.

— Et j'ai changé nos vols pour rentrer lundi au lieu de demain.

— En quoi c'est une bonne nouvelle ça ?

— Deux jours pour profiter de la piscine et du soleil, c'est bien, non ?

— Je sais pas, j'te dirai ça après le combat.

Lui est tout content. Il est en week-end. Heureux, sirotant son cocktail, peaufinant son teint et profitant du temps. Il a raison, si j'atteins son âge, j'aimerais en faire autant. Je pensais bien qu'il me considérait comme un alibi, maintenant, j'en suis convaincu.

Je suis courbaturé à cause des dix heures à rester assis dans l'avion. Ce dont j'ai besoin, c'est une petite leçon de pattes d'ours.

— Marcel, tu me donnes la leçon après le déjeuner ?

— Si tu veux, mais c'est quand même mieux de faire une petite marche, un peu de piscine et te reposer.

Je traduis : *Je suis en plein kiff, tu m'emmerdes.* Je ne vais pas gâcher son plaisir, il sait mieux que moi ce qui est bon pour lui.

— T'as raison, ne bouge pas !

Je lui tourne le dos. Les esprits me conseillent de l'ignorer, il parle, je ne l'entends plus. J'emprunte une passerelle pour accéder à la plage cent mètres plus bas.

Il est tôt et, pieds nus, le sable est déjà chaud. La mer est bleu turquoise, assez aguicheuse pour me faire plonger. Le bonheur est dans l'océan. Poséidon n'est pas loin, la magie opère, je me sens revigoré.

Silence

Samedi 19 mai 2001, 13 heures. Hôtel, Las Palmas. De retour dans ma chambre, je baisse les volets, j'éteins le ventilateur. Des bouchons dans les oreilles, un masque anti-lumière, c'est l'heure de la sieste. Il faut absolument que je me repose. Mes sens sont décuplés, l'imagination voit ce qu'elle entend, les dames de ménage baragouinent dans le couloir. Ça me contrarie. J'ai besoin de sérénité, je me relève. Un tour dans la salle de bains, je fais couler le robinet. Tiens, pourquoi pas me brosser les dents ? Le beau visage au-dessus du lavabo n'est pas le mien, c'est un dessin mural, un enfant désignant la lune. Ici, je n'entends plus aucun bruit. Ça m'apaise. La salle de bains est une parfaite chambre à coucher. Je récupère couverture, oreiller et m'installe dans la baignoire, mon sarcophage. Je m'endors aussitôt.

Six heures après, la porte de la salle de bains s'ouvre avec fracas, je sursaute. C'est Marcel. Il m'a cherché partout, le vieux briscard a demandé un double de mes clés au lobby.

— Ça va ? Qu'est-ce que tu fous là ?

— C'est plus calme ici, il est quelle heure ?

— 19 heures, faut y aller.

— Laisse-moi dix minutes, j'te rejoins en bas.

— Je t'ai ramené ton sac de sport. Il est posé sur le lit.

À partir de ce moment, tout s'accélère. Je m'extirpe de la baignoire. Dans le miroir, mes traits tirés ne me rassurent pas, j'ai un regard incrédule, je pleure, c'est l'inconscient qui parle. Le ring peut devenir cercueil, gloire, défaite au panache, honte, tétraplégie et parfois même mort cérébrale ! Je prononce une dernière prière.

— Prends soin de ma mère, elle a besoin de moi. Amen.

Je rejoins Marcel. Nous avons trente minutes de route jusqu'au gymnase. La foule attend devant la porte principale, l'entrée des artistes se fait par la sortie de secours. On entre dans un dôme, l'arène est au milieu, autour il y a 1 500 places. La salle est encore vide, j'en profite pour m'approcher du ring, toucher la toile, inspecter les néons au-dessus de la scène. Le ring est un livre, les traces de sang témoignent, il me parle.

— Enchanté, ton destin est entre mes quatre cordes.

Marcel attend devant la porte du vestiaire. Je le rejoins.

— Tu boxes en dernier, y'a quatre combats avant l'entracte, trois après, tu clôtures la soirée. On a largement le temps, pose ton sac, installe-toi dans les tribunes, regarde les autres combats. J'viendrai te chercher. Tu veux un sandwich coca ?

Depuis le temps, il devrait savoir que je préfère rester au calme. Un sandwich coca ? C'est le meilleur moyen de désarmer un cow-boy avant un duel.

— Non, je reste ici.

— Je vais voir les organisateurs, j'reviens pour te faire les bandages.

Le vestiaire

Samedi 19 mai 2001, 20 heures. Gymnase, Las Palmas. Je rentre dans le vestiaire minuscule, un banc, une pissotière, un lavabo, cet endroit est un débarras. J'y patiente sagement avec mes trois confrères roumains. Nos destins sont liés, à croire que notre hôte n'a pas trouvé mieux pour stocker la brocante du noble art. Je m'allonge dans un coin, capuche sur la tête, lunettes de soleil, écouteurs sur les oreilles, *Ne laisse pas traîner ton fils* de NTM. La musique rappelle des souvenirs, transporte le passé dans le présent. Elle me stimule. Je me prépare, je me passe de l'eau de Cologne sur le corps. Quand tu sens bon, ça désamorce l'agressivité de l'adversaire.

Deux heures plus tard, le vestiaire s'agite. Le speaker braille un nom, applaudissements, la salle est pleine à craquer. Marcel me secoue par le bras.

— Tu te lèves mon grand, je vais te faire les bandages.

Un des acolytes s'échauffe, les deux autres, visages tristes et tuméfiés, ont déjà boxé et n'ont pas l'air d'avoir eu rendez-vous avec la victoire. Regards échoués, j'espère que la bourse qu'ils vont toucher va les sauver de la noyade. À côté, leur entraîneur a la patate. C'est sûr, ce ne sont pas ses enfants qu'il fait monter sur le ring. Ce vestiaire pue la défaite et je ne veux pas être contaminé par l'odeur. Je chasse les mauvaises pensées, je remets mes écouteurs. *Naughty by Nature*, coups de poing dans le vide, je chante *Hip hop oh Hey* avec une voix de casserole. La porte s'entrouvre, on vient chercher le troisième Roumain. Marcel me fait un clin d'œil, ça doit le rassurer de me voir excité.

— Ne perds pas trop d'énergie !

Je ne suis pas en manque d'énergie, je n'ai juste pas le courage de le planter là. Son plan *Qui m'aime me suit mais marche devant* ne m'amuse plus vraiment.

Le règlement autorise d'assister au bandage du camp adverse. Un Anglais de la team de Junior Witter débarque. Marcel a commencé à m'enrouler les poignets, l'homme repart aussitôt. Le British a dû estimer que nous étions de bonne foi, ou bien nos styles désœuvrés l'ont convaincu que même avec une enclume cachée dans le gant, son compatriote ne risque rien.

— Pourquoi il part comme ça lui ?

— Il a vu ce qu'il devait voir.

— Et toi Marcel, pourquoi t'es pas allé voir dans son vestiaire ?

— Pas la peine, mon grand. De toute façon, les bandages seront examinés par l'arbitre !

Marcel met quinze minutes pour me bander la main gauche. Lorsqu'il démarre la droite, le boxeur roumain revient. KO à la deuxième reprise. Soutenu par l'entraîneur, accompagné par un médecin, il perd l'équilibre, du sang coule de son oreille. Il va passer un contrôle à l'hôpital. Je reste seul dans le vestiaire. Il est plus de minuit. L'heure d'aller se coucher. J'espère que ça ne sera pas sur le ring. Cette dernière pensée m'énerve, c'est celle d'un perdant. Je la chasse mais elle s'accroche. Je repense aux trois derniers jours, à la perte de poids, à l'avion, à Marcel, à l'hôtesse de l'air, aux Roumains. Fais chier. Il reste un affrontement avant le mien, un six rounds de trois minutes. J'ai une demi-heure devant moi. Deux hommes entrent dans le vestiaire, l'un se présente comme l'arbitre, l'autre ne fait qu'apporter les gants du combat. L'arbitre parle anglais avec un accent espagnol prononcé.

— *Holà guys, how you feel ?*

— Qu'est-ce qui dit ?

— Il dit que ce n'est pas une heure pour boxer.

— Dis-lui qu'on est d'accord.

— *I feel dead.*

L'arbitre sourit.

— *I'm just here to check your hands, give you some fighting instructions, and wish you good luck.*

— Qu'est-ce qui dit ?

— Il dit qu'il espère que dans ce vestiaire de tocards, il y aura au moins un boxeur qui se fera pas dérouiller.

— Non, il a pas dit ça ?

— Il a dit à peu près ça !

L'arbitre gribouille mes bandages avec un feutre rouge. Cela lui permettra de vérifier après le combat que rien n'a été changé dans les bandages. J'enfile les gants, ils sont tout petits, c'est du 8 oz, 226 grammes, la plus petite taille. Ils sont aussi durs qu'une pomme mûre et je comprends que mon adversaire porte les mêmes. Marcel m'étale de la vaseline sur le visage pour m'assouplir la peau et réduire le risque de coupure. Ça me dégoûte, sachant que je ne l'ai jamais vu se laver les mains en sortant des toilettes.

— Pourquoi tu grimaces autant quand je te mets de la vaseline ?

Pas le moment de jeter un froid, je réponds par une question.

— Pourquoi on s'entraîne jamais à minuit ?

— Le gymnase de Corbeil ne fait pas nocturne. Je te donne la leçon aux pattes d'ours ?

J'ai pris assez de leçons avec toi, j'ai plus aucune confiance.

— Non ça va aller !

— Comme tu veux.

Les choses sérieuses

C'est l'heure. Un officiel nous invite à le suivre. Il est presque 1 heure du matin. Dans le couloir, j'entends mon nom. *We are the champions* résonne dans la salle. J'entre dans l'arène, torse nu, des centaines d'yeux m'épient, j'avance sur le tapis rouge en direction du ring. Il est de coutume que le challenger entre le premier. Marcel et moi sommes sous les projecteurs. Au milieu du ring, des filles en tenues légères et talons aiguilles nous entourent. Leur job consiste à se trémousser en tenant des pancartes affichant le round au-dessus de la tête.

Junior Witter se fait attendre. Les jeunes femmes dévêtues font patienter le public, les affamés se signalent par des sifflets et des paroles déplacées. Nous cuisons sous les projecteurs, j'ai l'impression d'avoir de la fièvre. L'une des filles me regarde avec désir. Non, je ne délire pas, en tout cas, jamais sur ce sujet. J'ai un flair de chien truffier, même le nez bouché je sais où la truffe se planque. À croire que les êtres humains sont des animaux ou des balises radios. Je ne réponds pas à son SOS. J'ai autre chose à faire.

Mon adversaire fait son entrée, *We are the champions* résonne de nouveau. Le mercenaire est accompagné de trois colosses portant un tee-shirt à son effigie. Short doré, chapeau à paillettes, le poing gauche levé, il a l'allure d'un Black Panther. Il attrape les cordes avec ses gants et entre sur le ring avec un magistral salto arrière. Quel dommage qu'il ne se soit pas vautré. L'arbitre nous invite à rejoindre le centre de l'arène. Junior Witter se dresse devant moi, méprisant. Il est plus grand, 1m78, ses muscles saillants m'impressionnent. Comment dit-on en anglais, *Bouffon arrête ton cinéma* ! Le reflet dans ses yeux, c'est moi, plein de regrets. J'me suis fait avoir, ce type n'est pas un combat de reprise, c'est le facteur qui sonne avec une lettre recommandée pour une convocation au jugement dernier. L'arbitre donne les dernières consignes. *Pas de coup en dessous de la ceinture, break, on recule, stop on arrête, touchez-vous les gants, faites un beau combat, rejoignez vos coins.*

Une gorgée d'eau, j'avale la moitié, l'autre finit crachée dans une bassine. L'arbitre fait signe d'ouvrir la bouche, on doit lui sourire, lui montrer que le protège-dents est mis. La salle attend silencieuse. La cloche retentit. Junior Witter est pressé, il s'avance vite, il est déjà à un jab de moi. C'est un gaucher, il a les bras en bas. Je prends trois directs du bras avant, je les vois venir, ils sont secs et percutants, mais je n'ai aucun réflexe, nez et bouche les mangent de plein fouet.

Je suis dos aux cordes, étourdi, ébranlé, je ne trouve aucune ressource pour riposter dans l'immédiat. En une poignée de secondes, la terreur, la rage, le désespoir font union contre moi. Je prends une nouvelle série de coups, c'est un ouragan en face, je suis assommé debout. Avec mes gants collés au visage, je me construis un abri de fortune, je titube. L'arbitre intervient. Il me compte à haute voix. Si à dix je n'ai pas retrouvé mes esprits, il arrêtera le combat. À quatre, je reviens dans le jeu. Je suis toujours en vie et la castagne reprend, mais je n'ai plus aucune lucidité. J'ai peur d'y laisser ma santé et mon orgueil peut mourir si je ne reste pas debout.

Junior Witter me croit fini. Je regrette de ne pas avoir eu les moyens de lui prouver que rien n'a commencé. Je lâche de larges crochets désespérés, désespérants d'inefficacité, on dirait un clown, un Charlie Chaplin du bled, Brissou Chaplin Faradji qui joue à Chapi-Chapeau avec un English sous les tropiques. Lui n'est pas là pour danser la musette, il répond cross du droit dans la tempe gauche. Je perds l'équilibre, je pose un genou à terre.

Depuis mes déboires de banlieusard, je me suis juré que personne ne me regarderait de haut. Il est permis de tomber, mais se relever est un ordre. L'arbitre me compte une seconde fois. J'entends de l'écho, ça m'est déjà arrivé, j'ai un tympan percé.

D'un pas chassé, comme s'il tenait une guillotine dans sa main, mon exécuteur me coupe le chemin. Je suis désarmé, proche du drame, les esprits appelés dans ma chambre ne se sont toujours pas manifestés, du moins pas comme je l'espérais. Witter retourne alors dans son coin, les bras levés. Je ne comprends pas, il est félicité par son entraîneur. Marcel est sur le ring, je ne l'ai pas vu monter.

— Tu as fait ce que tu as pu, ce n'est pas grave.

Il a jeté l'éponge. Certainement pour me préserver d'une vraie raclée, mais, je pose quand même la question.

— Pourquoi t'as fait ça ?

— Dans trois semaines, j'ai un autre combat pour toi. Si on t'avait déclaré KO, le règlement oblige à un mois de repos, alors qu'un jet de l'éponge c'est juste une semaine.

Que te répondre Marcel, hein ? Où est l'affection d'un entraîneur envers son boxeur, tu me rappelles mon père ! Au milieu du ring, l'arbitre m'appelle. Est-ce utile de rendre ce verdict sans appel ? Lever le bras de Junior Witter, laisser les miens en bas, est-ce acter une victoire ou confirmer une détresse ? Le dénouement était prémédité. Il est hors de question de me prêter à ce faux fair-play. Suis-je mauvais perdant ? J'ai accepté de faire ce combat de préparation sans pouvoir me préparer. Le mérite, c'est le travail, moi, j'ai compté sur la chance. Oui, je suis mauvais perdant.

À cet instant, j'ai envie de tout arrêter. La tête baissée, je sors du ring, je marche sous les sifflets. Avec un regard de pitié, une main sur mon épaule, un des boxeurs roumains veut me réconforter. Il a le visage boursouflé, je lis une empathie sincère. Je me reconnais en lui, je fais partie de la communauté des boxeurs qui perdent. Triste destinée.

Seul dans le vestiaire, en larmes, sans bruit, je crie. Je suis dans une prison de détresse. Le ring est une réhabilitation, la victoire est une remise de peine, je suis bon pour l'isoloir, la défaite sonne le glas, ferme des portes et met fin à des carrières. Décider, c'est prendre son courage par la main. Je n'en veux plus à Marcel, je ne veux juste plus de lui. Dans la fourgonnette qui nous ramène à l'hôtel, l'échec est à son paroxysme. Marcel assis à côté du chauffeur parle au rétroviseur.

— Ne t'en fais pas, un jour on perd, un jour on gagne. Demain tu vas te changer les idées, on ira faire un tour à la plage.

Salaud ! Me balader avec toi, te regarder mater et renifler des fessiers, plutôt crever !

À l'hôtel, je file sans répondre à son bonne nuit.

Discothèque

Dimanche 20 mai 2001, 3 heures du matin. Hôtel, Las Palmas. Dans ma chambre, je m'ausculte devant le miroir. Je suis sourd d'une oreille et j'ai la langue coupée, un œil rouge, la mâchoire endolorie, chaque blessure me remémore un coup. Devant la cuvette, je pisse du sang, on verra demain… Je sais encore comment j'm'appelle, c'est l'essentiel. Je rallume mon téléphone portable, les textos arrivent. Alors ?

— Comment ça va frérot ?

— Tu as gagné ?

C'est toujours simple de partager une victoire, la défaite remet en question la complexité d'une relation. Je n'écris qu'à ma mère, exploit ou chute, elle m'aimera toujours autant.

C'est étrange, après l'envie de me cacher, j'ai maintenant le désir de me montrer. Il est plus de 3 heures du matin. Dans l'hôtel, il y a une discothèque, l'endroit idéal pour faire le point. À l'entrée, le physio devine que je suis l'un des clowns de la soirée. L'hôtel est placardé d'affiches du gala, ma tronche est dessus et son regard en dit long : un autre soir, il ne m'aurait pas laissé entrer, ma dégaine est sur la liste des invités. À l'intérieur, l'ambiance est techno, la piste de danse bondée et j'ai l'impression que tout le monde me parle.

— Tu as perdu, honte à toi, looser, tu fais quoi là ?

Je ne me débine pas, le meilleur endroit pour garer son ego, c'est le comptoir du bar. Je n'en crois pas mes yeux, les filles aux pancartes du ring sont collées-serrées avec les collègues roumains. N'ont-elles pas vu leurs pitoyables prestations ? Le barman me propose à boire. Il y a une heure, j'aurais commandé un verre de cyanure.

— Un whisky coca, s'il vous plaît.

Verre à la main, je me sens ivre rien qu'en le tenant. L'euphorie remplace la mélancolie. Debout, il est temps de danser. Petit déhanché sexy, quelques pas stylés. Je fais semblant d'être heureux. John Travolta des bas quartiers est dans la place et en deux temps, trois mouvements, me voilà à zouker sur de la techno. Sylvie, partenaire d'un soir, c'est tout ce que j'ai retenu d'elle. Le reste se passe sur la plage. La vie continue. Demain à la première heure, je rentre à Paris. Marcel ne me verra plus jamais.

Trois jours plus tard

23 mai 2001. 4 heures du matin, suis réveillé, déchu, aigri, il faut que je coure et que je crie. À moto, de Paris, je roule à 190 km/h vers l'Essonne, Nicolas Sarkozy n'est pas encore ministre de l'Intérieur et les routes sont un Far West. J'arrive à la forêt de Fontainebleau en une demi-heure. Il fait encore nuit, course à pied dans les bois, je ne sais pas où je vais, c'est ma soupape de décompression. Le jour se lève, perdu, je ne sais pas où je suis. D'autres se cachent pour pleurer, moi je cours. Mes larmes coulent, ma foulée s'accélère. Silence, j'entends du bruit. L'idée de me retrouver nez à nez avec un sanglier me fait presque rire. Deux heures à 8 km/h en tournant autour d'un gros rocher, je ne dois pas être bien loin. Il est temps de rentrer.

Le téléphone a sonné toute la journée. Pas envie de parler, encore moins d'expliquer comment je me suis fait dérouiller. Errance dans mon lit toute l'aprèm. À la fin de journée, je n'ai rien de mieux à faire que de partir à la salle de boxe de Massy-Palaiseau. Effervescence, sur le qui-vive, le club organise un grand gala dans moins d'un mois. En entrant, les deux frères Colas, James et Jimmy, et l'immense champion Gabriel Mapouka s'arrêtent de taper dans le sac. Ils viennent un instant à ma rencontre. Aucune question, juste une embrassade puis retour à la tâche. Depuis 1999, pour préparer mes combats, je viens ici pour les mises de gants durs. Avant l'épisode de Las Palmas, j'étais à huit victoires consécutives. Le travail effectué avec le clan Colas et Mapouka y est pour beaucoup. J'ai envie de leur expliquer que je suis parti la fleur au fusil. Presque pour m'excuser, les rassurer, leur assurer que celui qui les a fait galérer en mise de gants n'était pas présent à Las Palmas. Ces gars, c'est ce qu'il se fait de mieux en France, durs au mal, marche en avant, jamais essoufflés, corps moulés pour boxer. Épaules larges, têtes recroquevillées, sans méchanceté je les appelle les tortues ninjas. Jacky Trompesauce, l'entraîneur du club de Massy, vient me trouver. Il veut des nouvelles.

— Ça va Faradji, c'était comment ?

— J'ai pris une branlée.

— J'ai vu contre qui tu boxais, c'était impossible que tu gagnes. Marcel t'a envoyé au casse-pipe.

— J'vais pas me chercher des excuses, ce qui est fait est fait, c'est tout !

— T'es troisième série ?

— Ouais.

— La fédé n'aurait jamais dû te donner l'autorisation de sortie du territoire pour boxer un top 10 mondial.

— Suis un grand garçon, autorisation ou pas, personne ne m'a forcé à monter sur le ring. Par contre, Marcel m'a menti, et ça, je ne lui pardonnerai pas !

Le téléphone de Jacky sonne. L'entraîneur de l'Avia Club d'Issy-les-Moulineaux, Manuel Dolzanelli, est ici aussi.

— Je sais ce qui t'est arrivé. Comme on dit, ce qui ne tue pas rend plus fort, tu vas t'en remettre.

Jacky raccroche.

— C'était Michel Acariès, il cherche un adversaire pour Khalid Rahilou.

Michel Acariès est le plus influent des promoteurs français et Khalid Rahilou, un ancien champion du monde.

— Ça te dit de boxer Rahilou le 23 juin ici à Massy ?

Plus de job, quatre semaines à plein temps, assez pour récupérer et retrouver mon meilleur niveau.

— Ouais.

— Ah merde, j'oubliais, t'as été mis KO, la fédé va exiger un mois de récupération.

— Non, Marcel a jeté l'éponge !

— Génial, il est bon Marcel, dans ce cas tu peux boxer !

— J'veux juste plus de lui dans mon coin.

— Tu veux qui ?

Je me tourne vers Manu.

— T'es dispo pour m'aider à préparer ce combat ?

— Suis partant pour t'aider à gagner ce combat.

Quatre semaines

Contrat à 1 500 euros, 300 pour Manu 1 200 pour moi. Direction l'Avia Club d'Issy-les-Moulineaux. Rendez-vous deux fois par jour. Le matin, 10 km à pied, lui à vélo, 16 km/h en moyenne. Une minute d'accélération toutes les trois minutes. Retour à la salle, travail sur sac. Dix minutes sans interruption, 70 % d'intensité. Deux minutes de récupération. Cinq minutes à 100 %. Vomissement bord de l'évanouissement. Manu m'encourage.

— Eh ouais mon lapin, la victoire aime l'effort.

— J'vais dégueuler !

— Vas-y, mais si t'en mets partout j'te tape.

La tête dans les chiottes, je reste trop longtemps pour Manu, il vient me chercher.

— Dépêche-toi de sortir de là, on n'a pas fini. Il nous reste encore six rounds de leçon.

À la fin de la séance, allongé au pied des sacs, j'ai la tête qui tourne.

— Écoute-moi bien, c'est que le début. On a quatre semaines de travail. Tu vas te reposer. On se retrouve ce soir, mise de gants avec Mapouka.

— OK.

— Et une dernière chose ! Rahilou refait un championnat du monde en septembre. Ça veut dire qu'ils n'ont pas prévu de perdre contre toi. C'est censé être une formalité. Fais-moi plaisir, fais-leur regretter de t'avoir choisi.

Fan mais conquérant

En 1998, tout en haut des gradins du Palais omnisport de Bercy, j'assistais au championnat du monde : Khalid Rahilou contre Jean-Baptiste Mendy. Le combat est serré, j'applaudis du début à la fin. Très technique, rapide de bras, jeu de jambes incroyable. Il gagne le combat aux points. Ce gars est inspirant. Lorsqu'en 1997, à Nashville aux États-Unis pour le championnat du monde WBA, il bat Frankie Randall, on le compare à Marcel Cerdan. Je regarde le match sur Canal +, comme un groupie, debout derrière la télé, je crie, j'explose de joie.

Quatre ans plus tard, le 23 juin 2001, je suis face à lui. La veille du combat, Khalid et moi sommes pesés à 63,5 kg. Tête à tête avec le champion, fan, fier, impressionné, j'ai envie de le vaincre avec respect.

Le lendemain, le combat est diffusé sur Canal +. Sur le ring, la peur et l'humilité me font patienter deux rounds, le temps de me rendre compte que je peux gagner. Je boxe à distance. De son côté, Rahilou a quelques fulgurances mais rien de transcendant. J'arrive à surprendre celui qui m'a fait rêver. Je le touche plus souvent qu'il ne me touche. À la fin, deux juges me déclarent perdant, le troisième m'a vu gagner. Derrière la table des officiels, Michel Acariès a vérifié que le compte des points était le bon. J'ai été gêné par une douleur à la jambe. Khalid ne saura jamais s'il aurait pu me battre sans un jugement subjectif. Mauvais casting, s'ils s'étaient renseignés à mon sujet, ils auraient évité ce match sans enjeu. Rahilou n'a pas pu briller, encore moins se rassurer pour son projet de septembre.

Venise

J'enchaîne les victoires. Depuis Rahilou, ma carrière a pris une autre dimension, j'entre dans le classement des 20 meilleurs boxeurs français. Je sais à présent que les protagonistes de la boxe, agents, intermédiaires et promoteurs considèrent les boxeurs de mon pedigree comme un pourcentage allant de 5 à 80 – une commission répartie en fonction des négociations et de la valeur marchande du combattant. Aucun sentiment là-dedans. Il faut surtout éviter d'en faire une affaire personnelle, on a le choix de comprendre le système, de l'accepter ou de ne pas boxer. Penser qu'on côtoie des escrocs, qu'ils ne nous respectent pas, qu'ils appellent un jour avant pour jouer les bouche-trous dans des galas à l'autre bout de l'Europe sont des mauvais raisonnements. Dans ces moments, se vexer est l'apanage des grands bourgeois de la boxe : il faut avoir les moyens de se considérer plus important que la loi du marché. Les affamés seront toujours ravis de prendre un petit billet, peu importe les risques.

Il existe une connivence tacite entre les promoteurs et les fédérations. Les uns et les autres ne gagnent de l'argent que lorsqu'un événement est organisé. Subventions, taxes diverses, sponsors, droits télé, etc. Un champion du monde ceinture majeure, WBA, WBC défendra son titre une à deux fois par an. Une dizaine de prétendants attendent d'être désignés challenger officiel. Leur chance est proportionnelle au pouvoir du promoteur. Évidemment, si vous sortez des rangs amateurs avec une médaille olympique, vous avez un pont d'or. En attendant, avec les appellations dérivées, les ceintures mondiales WBO, IBO, IBF, WBF permettent de faire patienter.

À ma connaissance, les matchs truqués n'existent pas. Quand un promoteur veut monter la carrière d'un boxeur, au début, il lui offre de la chair à canon. Au fil de l'ascension, la priorité c'est de le faire rentrer dans les classements. Le public et les médias deviennent de plus en plus exigeants, le choix de l'adversaire est plus réfléchi. Un palmarès positif ne veut pas dire grand-chose. Il a vaincu qui et comment sont les questions à se poser. Vingt combats, vingt victoires par KO contre des débutants ne provoqueront les « waouuuuuh » que d'un public peu averti. Et s'il est battu par un champion, on parlera d'une belle performance.

Un jeudi, l'agent Riocco appelle mon nouvel entraîneur Manu.

— Salut Manu, ton boxeur Faradji, il est comment en ce moment ?

— Comme d'habitude, il attend qu'on lui propose un championnat du monde.

— Est-ce que ça l'intéresse de boxer demain à Venise ?

— Tu sais, Faradji s'intéresse à tout. Maintenant tout dépend de comment on s'intéresse à lui. C'est pour boxer qui, combien et à quel poids ?

— Le champion d'Italie Brancalion, son adversaire vient de déclarer forfait. Le promoteur propose 2 000 euros et il faut que ton boxeur soit max à 69 kg.

— J'en parle avec Faradji et je reviens vers toi.

Manu m'appelle.

— Je viens de recevoir un coup de fil pour boxer demain en Italie à 69 kg, il propose 2 000 euros, 1 600 pour toi, 400 pour moi, je leur dis quoi ?

— Dis-leur que c'est pas de bol pour eux, je suis bien entraîné.

— Ça je le sais, sinon je ne t'aurais même pas appelé.

— Essaie de négocier un peu plus d'oseille.

— Tu ne veux pas savoir contre qui on va boxer ?

— J'imagine que c'est pas un manchot. Je m'en fous, on verra demain.

Je pèse 3 kilos de trop, il me suffit de ne pas dîner ce soir, de ne manger qu'une petite collation demain matin et le voyage me fera perdre suffisamment de calories pour passer l'épreuve de la balance.

Le lendemain, nous débarquons à Venise. Un chauffeur nous attend, nous avons une heure de route. Manu est d'origine italienne et tente de discuter avec le chauffeur.

— *Il moi nome* Manuel Dolzanelli.

— *A quale regione ?*

— Paris.

Manu n'a pas compris la question. Il ne parle pas tout à fait italien. Au mieux, il connaît cinq mots.

— *Si si pronto.*

— *No mia padre parle italiano.*

— Ah, OK, Paris, Manuel Dolzanelli.

Arrivé à l'hôtel, l'organisateur italien nous attend à l'entrée. Il parle parfaitement français.

— Vous avez mis un peu de temps pour arriver. On a déjà pesé Brancalion, il est rentré chez lui.

— Eh bien, vous allez le rappeler, parce que nous, on veut le voir monter sur la balance de nos propres yeux.

— Je ne peux pas faire ça, Brancalion a mangé immédiatement après, il ne sera plus au poids.

Je les écoute s'échanger des chiffons. J'ai faim, j'ai soif, je stoppe la négociation.

— C'est bon, rien à battre du poids de Brancalion, où est la balance ?

Emballé, c'est pesé. Brice Faradji pile à 69 kg pour un combat à 1 600 euros, 23 euros le kilo, moins cher que la côte de bœuf.

— Où est-ce qu'on peut manger un morceau ?

— Malheureusement, les cuisines de l'hôtel sont fermées, mais je peux essayer de leur demander de vous préparer un sandwich au jambon beurre.

Je ne pense pas qu'il a voulu faire un jeu de mots, quoi qu'il en soit, je ne mange pas de cochon.

— Non, ça ira, merci, on va se débrouiller.

Devant l'hôtel, juste en face, nous trouvons une petite brasserie. Alors qu'on marche dans sa direction, l'organisateur nous rattrape.

— J'avais oublié la brasserie, je vais vous accompagner, je connais très bien le propriétaire, je vais lui dire que c'est moi qui paye la note.

Pas rassurant, je me souviens d'une histoire racontée par Manu. En déplacement, juste après avoir été invité au restaurant par l'organisateur, son boxeur a eu une grosse diarrhée. Il a passé la journée KO sur la cuvette et le soir, KO à la première reprise. Alors, devant le restaurant, on le remercie. Finalement, on va trouver autre chose.

— Très bien, je viendrai vous chercher à l'hôtel quand il faudra aller boxer.

Pas très loin, on trouve une autre gargote. Je suis toujours un peu méfiant : Manu commande mon plat et moi le sien. Mieux vaut un entraîneur aux chiottes que son boxeur défroqué avant même de boxer. Après le dîner, je retourne dans ma chambre d'hôtel, il est à peine 19 heures. Je fais passer le temps comme d'habitude. Je lis les journaux, quelques lignes sur l'annonce de mon combat dans *Le Parisien*. Content que mon nom apparaisse sur la page des sports des journaux italiens. Mon jeu d'échecs voyage toujours avec moi, une petite partie solo, réfléchir donne envie de dormir. Allongé dans le plumard, presque dans les bras de Morphée, on toque à ma porte. Un homme grand, fin, cheveux gris, la cinquantaine passée.

— Je viens comme prévu pour vous emmener au gymnase.

— Déjà ! Mais je ne fais pas le dernier combat de la soirée ?

— Si, si, vous êtes le combat vedette. Ça m'évite juste de revenir vous chercher plus tard.

— Je préfère rester ici, repassez dans deux heures. Je n'ai pas besoin de beaucoup de temps pour me préparer et m'échauffer.

L'organisateur change de ton, il s'énerve, me répond avec un accent italien beaucoup plus prononcé.

— Monsieur Faradji, plus tard je ne pourrai pas venir. Soyez sympathique, vous vous reposerez dans les vestiaires.

— Monsieur, j'ai accepté hier de venir boxer, ce qui veut dire que vous avez eu un désistement de dernière minute et que j'ai sauvé votre combat. J'ai perdu 3 kg pour être au poids, alors que je ne sais même pas combien pèse votre Brancalion. Soyez sympathique, si vous voulez assister à un bon combat, laissez-moi me reposer. Revenez me chercher dans deux heures.

— Je vais m'arranger pour que quelqu'un vienne vous récupérer.

— Merci.

23 h 30. Je monte sur le ring, le combat est retransmis sur la chaîne RAI UNO. Le public m'applaudit plus qu'il n'en faut. Faradji, ça doit sonner italien, ou bien le speaker a spécifié que je n'ai été prévenu qu'hier et tout le monde a compris que j'étais un affamé venu se faire défoncer. Personne n'a oublié Rocky, il attendrit encore

tout le monde. Brancalion entre à son tour, le speaker annonce son palmarès. Champion d'Italie, 19 combats, 14 victoires par KO, 3 défaites. Impressionnant, mais pas du tout impressionné, je calcule, 80 % de victoires par KO, ça doit frapper dur, je vais faire attention. Short noir, chaussures jaunes, ses hommes de coin lui enlèvent son peignoir. Musclé, bien coiffé, bras levés, il fait le tour du ring, passe devant moi sans me regarder. Hymnes nationaux, consignes de l'arbitre, chacun dans son coin. Début des hostilités.

Pied gauche devant, le Rital est droitier. Visage tendu, je le sens nerveux. Attaque des deux bras, un pas de retrait, c'est téléphoné, je le laisse brasser du vent. Les grimaces sur son visage le trahissent avant chaque tentative. Son cadrage est maladroit, prévisible, il actionne les clignotants, il me suit au lieu de me couper la route. Ses réflexes lents, mes jabs butent sur son front. J'ai déjà croisé les gants avec ce type de profil. Je suis à l'aise, mais il faut rester vigilant, un mauvais coup peut arriver. La poisse est toujours là où on ne l'attend pas.

Au milieu du premier round, Brancalion me fonce dessus, la tête en avant, comme un bleu. Je le court-circuite avec un uppercut du gauche et l'envoie en visite guidée vers le tapis. Il s'étale. La victoire est à moi. Je viens de terrasser le champion d'Italie en une minute trente. Avant de le compter, l'arbitre me demande de reprendre mon coin.

Brancalion peine à se relever, les dix secondes sont déjà écoulées, ce n'est pas réglementaire mais l'arbitre lui accorde plus de temps. L'arbitre dit « boxe » et le combat reprend. Je vais pour le finir, je lance une attaque et immédiatement le gong annonce la fin du premier round.

— Manu, confirme-moi, il n'a pas duré trois minutes ?

— T'as fait une super reprise. Pour lui, ce round a duré une éternité.

Les juges décident que deux minutes au lieu de trois sont suffisantes. De notre côté, on est satisfait même si on voit bien qu'ils essayent de nous couper l'herbe sous le pied. À la deuxième reprise, Brancalion est beaucoup plus méfiant. C'est à moi de prendre les devants. Il recule, ne lance aucun coup, mes feintes de corps le font hésiter. À mi-distance, mon direct du gauche en piston le touche une fois sur deux. Il tente des semblants de riposte, des trucs de perdant, des crochets larges qui s'écrasent contre mes gants. Les tentatives de l'Italien sont acclamées même lorsque ses gants touchent le vide. À l'applaudimètre, on peut dire que le deuxième round est largement remporté par Brancalion. Pourtant, à l'examen de nos visages, celui du Rital vire au rouge sanglant, le mien est encore immaculé.

Troisième reprise, je pars sur les chapeaux de roues, avec la ferme intention de le finir avant la limite. Un pas de côté, je désaxe à gauche, uppercut au foie. Nouveau voyage au tapis, l'Italien est un comédien, ses gants sont posés sur ses parties génitales, il se dandine comme une chenille dans son cocon. L'arbitre en déduit que j'ai porté un coup bas. Je suis certain de l'avoir piqué au foie. Connard, baisse-lui son froc et vérifie ses glaouis, tu verras qu'elles sont intactes. Coup en dessous de la ceinture, il m'inflige deux points de pénalité. Un round gagné, c'est dix points, neuf pour le perdant. Un avertissement c'est d'office le round perdu. Brancalion se relève et survit comme il peut dans ce nouveau round écourté. Au quatrième round, je lui balance un magistral gauche droite, Brancalion fait l'ascenseur, il est compté presque quarante secondes, c'est-à-dire que l'arbitre prend son temps pour compter jusqu'à dix. Je reste calme. Il ne faut pas s'énerver. Le Rital est encore sauvé par la cloche !

Le combat est prévu en huit rounds de trois minutes, il est impossible pour lui de tenir la distance. Au cinquième round, l'arbitre me menace d'une disqualification pour un soi-disant coup donné derrière la tête. Je tempère, pas question de laisser le malade imaginaire me spolier la victoire. Expérimenté, mon adversaire organise sa fuite organisée en crachant son protège-dents. L'arbitre le ramasse, demande à son coin de le nettoyer, il gagne encore du temps. La cloche sonne, je m'assois. Il reste trois rounds. Je suis zen. Manu aussi. De l'autre côté, l'entraîneur de Brancalion lui crie dessus. Avec Manu, on entend le speaker prononcer le mot « ultimo ».

— Manu, ça veut dire que c'est le dernier round ?

— Je ne comprends pas. Attends, je vais demander aux officiels.

Le coin des officiels est composé de trois juges. En théorie pour les combats internationaux, ils sont tous de nationalités différentes. Lors d'un round, chacun adjuge des points. La note de 10 est attribuée à celui qui remporte le round. Pour le dominé, en fonction de sa prestation, ça fluctue entre 8 et 9 points. Manu interpelle l'un des officiels, ils sont tous les trois Italiens.

— *Ultimo equale last round ?*

L'officiel répond en franco-anglo-italien.

— *Oui si si lé ultimo last round.*

Manu revient.

— Ils veulent nous la mettre, Manu. Va fare enculo zobbi.

— Faut que tu le couches, comme ça, il y aura pas de discussion.

L'arbitre nous fait signe de le rejoindre au milieu du ring, le public est en feu. En réalité, notre énergie, c'est la leur, on canalise toute la fureur de la salle dans nos poings.

— Brancalion ! Brancalion ! Brancalion !

À entendre le public, on a l'impression que le combat est extrêmement serré. Que la dernière reprise va nous départager. Pendant cinq rounds, j'ai vu une marionnette en face de moi, une baudruche, et je me demande à quel moment elle va se dégonfler. On se touche les gants, le combat reprend. Brancalion se réfugie contre les cordes, je le matraque comme un sac. L'arbitre me stoppe à plusieurs moments, puis j'ai droit au lacet défait, à nouveau au protège-dents craché… C'est plus de la boxe, c'est de l'opéra-comique, j'ai en face de moi Roberto Benigni qui est venu avec une caméra cachée. Brancalion survit, il est ovationné comme un héros. Chacun dans notre coin, nous attendons le verdict. Manu me retire mes gants, découpe mes bandages avec une paire de ciseaux. Les officiels s'agitent, la décision se fait attendre, ils ont l'air d'hésiter sur la manière de m'entuber. La seule chose qu'ils ont à faire, c'est d'additionner les points sur la feuille et de la remettre à l'arbitre. De l'algèbre pour enfant de CE2…

— Manu, ils vont nous la mettre.

— Impossible.

— Pourquoi ils mettent autant de temps !

Le speaker annonce que la décision est partagée. Sur les trois juges, un ou deux estiment que Brancalion m'a corrigé… J'ai l'habitude des salopards, je me suis fait une raison. Pas question de me faire un sang d'encre, de me bouffer la croûte ou de pleurer. Ça ne sert qu'à arroser ces fumiers. Les tergiversations durent. Finalement, l'arbitre lève mon bras. Je suis déclaré gagnant. Brancalion n'est pas étonné, il me félicite.

Ce ballet d'hypocrisie et de mensonges me laisse un goût amer. Il m'en faut toutefois plus pour perturber nos plans d'après combat. Le lendemain, on oublie les arnaques et échanges de sueurs de la veille. Avec Manu, on fait les touristes à Venise. Pizza, promenade en gondole, photo sur la place San Marco.

Challenger

Nous sommes en 2003. J'habite Paris, brevet d'État d'entraîneur sportif en poche, je deviens coach. Ce job est une bénédiction, je n'imaginais pas que des gens pouvaient payer pour s'entraîner avec moi. Boxe, course à pied, corde à sauter, musculation. Je donne des cours de fitboxing au Club Med Gym de la porte d'Auteuil, une discipline que j'ai inventée.

Fraîchement débarqué de ma banlieue, cette expérience est un parcours initiatique. Des gens capables de débourser 1 600 euros par an pour courir sur un tapis de course et se détendre dans un sauna, je ne savais pas que cela pouvait exister. Paris s'éveille, Arès et Apollon font de moi le sphinx de la rue Chanez.

Ma banlieue est à 45 minutes, mon nouveau monde est à vingt mille lieues au-dessus de ce que j'imaginais. Les occasions d'une nouvelle vie se présentent. Je deviens l'amant de quelques célébrités. Moi qui avant me masturbais dans une cage d'escalier, je tue mes complexes avec des top models et des présentatrices de télé. Je prends conscience que l'inaccessible est à portée de main.

Je vis deux fatales colocations conjugales, un mariage américain presque prononcé, une union française déprogrammée par la belle-mère, des relations sans début, du moins sans se donner la main. Avec tout ça, je continue de marcher pieds nus sur mon volcan en éruption et jusqu'ici tout va bien.

Je me souviens de cette femme à qui j'aurais pu déclarer mon amour. Célèbre et désirée, adepte de la salle de gym, inscrite depuis peu, elle y passe de plus en plus de temps. Elle prend goût au sport. Femme mariée, en instance de divorce, son chéri est un producteur riche et célèbre. Elle tente de fuir l'ennui, la salle de gym et les plateaux télés sont son bouclier. Un jour, une collègue de sauna lui parle du cours de fitboxing, une activité que je dispensais dans les maisons de quartier du 91 avant de la proposer au Paris huppé.

Les bienfaits de cette discipline font le tour du XVIe arrondissement. Mix entre fit et boxe, 50 adhérents entassés dans une salle de cinquante mètres carrés, quarante femmes déguisées, cinq hommes joyeux et gays, cinq autres mécontents et frustrés.

Ma dulcinée se lance. Rapidement elle rentre dans la danse, son corps en transe se surpasse, un tour de passe-passe et hop, elle marque son territoire. Arrivée au premier rang, non loin de moi, au premier regard je suis en émoi.

Une séance se termine, elle marque le pas, m'interpelle et me félicite de ma prestation. Illuminée par l'attention, masquant un désir profond, elle m'assure qu'il serait bon pour elle de perfectionner son pas, à condition d'avoir toute l'attention sur elle. Le rendez-vous est pris, le lendemain dans une pièce recluse, nous dansons en mimant des mouvements de boxe.

Une alliance naît, deux rendez-vous similaires se succèdent, au troisième elle se confesse mais trop d'écart de train de vie nous sépare.

De ces histoires de cours de sport, je n'oublie pas l'essentiel, mon argent paie le loyer, le mien et celui de la madré. Elle est atteinte d'une maladie orpheline et a été contrainte d'arrêter de travailler. Quatre cents euros d'indemnité, retraite de pacha quand on vit au Burundi, mais pas en France ! Le soir, je suis à la salle, mise de gants et leçons avec Manu.

Durant cette période, je travaille ma boxe différemment. Je suis perfectionniste et passionné, et le meilleur moyen de progresser, c'est de faire voyager ma boxe. Depuis que je ne travaille plus, tous les deux mois, je m'envole à l'étranger. Une sorte de voyage d'Ulysse aux quatre coins de la planète pour rencontrer les meilleurs boxeurs. États-Unis, Cuba, Russie, Mexique, Thaïlande. Il faudrait que j'écrive un autre livre pour raconter en détail toutes ces aventures. Je prends des notes après chaque mise de gants, je réfléchis aux coups que j'ai pris. Je reproduis tout ce que je comprends.

À New York, la boxe est survitaminée, pilule toute la journée, l'Amerloque prend soin de sa vitalité. Je suis surpris par son changement de garde, son désaxement à gauche. Hors de mon champ de vision, il jaillit avec son crochet droit, je suis touché à chaque tentative. J'applaudis cet enchaînement, il me le faut. Sur le sac, je le reproduis des milliers de fois. Maintenant il m'appartient, à mon tour de surprendre.

À Cuba, la boxe est escrime, les déplacements sont dignes de ceux d'un danseur de ballet. Chaque pas a son intérêt, trouver le bon appui permet de déplier le fleuret. Je débarque à Rafael Trejo, une salle de boxe de La Havane. Première mise de gants, c'est pas mal mais l'entraîneur m'invite à suivre le cours collectif des enfants. Je passe des semaines à apprendre l'art du déplacement cubain.

Au Mexique, l'Aztèque sait les yeux fermés où chatouiller du poing, le foie, le plexus et les côtes flottantes. Feinte du bras arrière suivie d'une rotation, je ne vois rien venir, uppercut au foie, j'agonise une bonne dizaine de minutes.

En Russie, c'est académique et ça se double d'une détermination patriotique. Rien de surprenant en théorie. En pratique, c'est un coup reçu de plein fouet qui ne fait que cligner des yeux mon adversaire. Le Russe ne sent rien. Un mur de glace.

En Italie, la boxe est généreuse, séduisante, les accrochages sont malicieux.

Le style espagnol, c'est la Reconquista. Les bras sont criblés de coups jusqu'à les congestionner avant de lancer l'assaut.

En Thaïlande, c'est l'apanage des bars clandestins. J'échange avec mes peurs, à mains nues contre d'illustres inconnus. Je m'entraîne la journée, le soir, je combats en pariant sur ma victoire. Je n'ai pas un rond en poche, c'est volontaire, c'est le meilleur moyen pour me forcer à gagner.

À chaque voyage, je reviens bronzé, des hématomes sur tout le corps, la tête vidée et remplie de nouvelles idées. Le point commun, peu importe le continent, c'est que tous les boxeurs que j'ai eu la chance de rencontrer ont une parfaite coordination de mouvement. Les jambes se déplacent, les bras se déplient avec ou sans appui. Le champion cherche à toucher, pas à se positionner. Une occasion se présente, jambe gauche ou droite qui avance ou qui recule ne l'empêche pas de déplier le bras. À Corbeil-Essonnes, on me montrait le parfait positionnement. En réalité, il n'existe pas vraiment. Un bon coup est un coup qui touche, une bonne garde est une garde où l'on ne prend pas de coups. L'attention, la concentration, les sens cognitifs, c'est ce que je dois entraîner.

Je mets un moment à digérer ces nouvelles informations. Je suis aidé par mon esprit cartésien, ma formation d'ingénieur. Les idées ne s'arrêtent plus, je fais des insomnies à force de penser à la boxe. Une nuit, je me lève. Sur le sol de mon appartement, je dessine à la craie des empreintes, des chiffres de 1 à 12, des trajectoires, des angles de 15 à 90 degrés, je m'invente un guide du déplacement. Et c'est diablement efficace. À tel point que je simplifie la méthode pour les débutants, j'invente un tapis que je teste lors des cours collectifs au Club Med Gym. Carton plein. On parle des cours de Brice Faradji dans le monde du fitness parisien. Les dirigeants trouvent l'idée géniale. Seul souci, elle ne vient pas d'eux.

Numéro cinq

Le travail récompense les acharnés. Je me suis bâti un nom, on me qualifie de poison. Ceux qui pensent posséder l'antidote acceptent de m'affronter. En 2003, je fais partie des cinq meilleurs boxeurs français de ma catégorie. Le numéro un, Malik Cherchari, est invaincu. Il remet son titre en jeu.

Je suis classé numéro cinq, les trois devant moi déclinent l'invitation, j'accepte sans hésiter de me confronter au boxeur redouté. D'autant plus que j'ai trois semaines de préparation, pas comme contre Witter et Brancalion, je ne viendrai pas les mains vides. Je m'entraîne avec Jimmy et James Colas, Gabriel Mapouka, Guy Dia-Njoh, Jean-Paul Mendy, des boxeurs de classe internationale. Au total, je tourne soixante rounds avec ce qui se fait de mieux. Superman n'a qu'à bien se tenir, grâce à eux je me suis construit deux cœurs et trois poumons.

À bord d'une Peugeot 504 Break, à l'image de ce que chantait Rim-K du 113 dans *Tonton du bled*, nous voilà partis pour Échirolles à 500 km de Paris. La rencontre a lieu dans un casino, nous arrivons la veille pour la pesée. Je suis sûr d'être au poids, je ne prends même pas la peine d'enlever mon pantalon.

Malik est habitué aux grands combats, il a un beau palmarès amateur. Il a boxé en équipe de France, il est champion intercontinental, c'est l'étoile montante. De mon côté, j'ai bien travaillé, j'ai observé, j'ai voyagé, je ne ressens plus la pression comme avant. D'ailleurs, pour être honnête, la pression c'est ce qu'on met dans les pneus. Sans complexe, je sais que je suis venu pour gagner. Après la pesée, place à la poésie, on pose tête à tête et les poings serrés pour la photo. Malik peut lire dans mes yeux que je viens de loin. Les pigistes couvrant l'événement font la queue pour l'interviewer, moi j'écoute. Personne ne me tend le micro.

— Quels sont vos objectifs après le combat ?

Malik répond que sa priorité c'est le championnat de France, après il examinera les opportunités. Manuel, mon entraîneur, est un joyeux luron, sympathique et drôle. Quand on le connaît, on ne peut que l'apprécier, il a toujours le mot pour rire. L'atmosphère se détend là où il pose les pieds. Il va discuter avec le camp adverse, le voilà demander à Malik comment il se sent. Ils se sont déjà croisés des dizaines de fois dans des galas.

— Je vais bien, j'ai fait une super préparation.

— Ah bah, nous, on a préparé le barbecue d'après-victoire.

Manu continue sa balade du côté des officiels, pour savoir qui va arbitrer notre combat. Il revient vers moi.

— J'ai une bonne et une mauvaise nouvelle. Je commence par quoi ?

— La mauvaise.

— Je connais l'arbitre, de source sûre il a été fini à la pisse. S'il peut nous emmerder, il ne va pas se gêner.

— Et la bonne nouvelle ?

— La bonne nouvelle, c'est qu'on n'en a rien à foutre. Demain on est champion, mon lapin.

— Arrête tes conneries, tu vas nous porter la poisse.

— Arrête avec tes superstitions, on n'a jamais travaillé aussi dur. Tu fais partie des meilleurs boxeurs que je connaisse, accepte ce statut, demain, on gagne !

Je me souviens de la première fois où j'ai rencontré Manu. J'avais quinze ans, je poussais pour la première fois la porte de la mythique salle de l'Avia Club d'Issy-les-Moulineaux. Elle était en sous-sol, il fallait descendre des escaliers en colimaçon pour y accéder. En bas, l'extraordinaire M. Bazin m'a accueilli avec un grand sourire.

Entraîneur depuis 1946, il a accompagné les grands noms de ce sport. Jacques Haïrabédian, champion d'Europe mi-lourd en 1953 ; Maurice Auzel, champion de France welters 1965 ; Fabrice Tiozzo, champion du monde mi-lourd 1997 ; Christophe Tiozzo, champion du monde mi-lourd 1990 ; Stéphane Haccoun, champion d'Europe plume 1993 ; Bruno Wartelle, champion intercontinental 1999.

— Tu as l'air de vouloir boxer, sois le bienvenu.

Plus loin, la voix de Manuel Dolzanelli m'interpelle, le gardien grognant des lieux, ancien compétiteur, depuis peu entraîneur. Comme pour me défier, il me parle de profil, occupé à observer autre chose.

— Ouais, c'est pourquoi ?

— Je viens m'entraîner, c'est possible ?

— Oui, tout est possible, mais il faut montrer patte blanche. Qui t'envoie ?

— Personne, je viens de Corbeil-Essonnes.

— Ça fait un peu loin, pour un p'tit gars ! Marcel Girodolle est au courant ?

Dans le milieu de la boxe, tout le monde se connaît.

— Non, Marcel ne sait pas que je suis là. Je peux m'entraîner ou pas ?

— Évidemment que tu peux, et n'aie pas peur, on ne va pas te mordre ici.

— J'ai pas peur.

— Eh bien, tu devrais mon p'tit lapin. On ne mord pas, mais on a des dents bien aiguisées. Et toi, même si tu veux mordre, tu as encore des dents de lait. Allez, maintenant, va faire ce que tu as à faire. Et pas de bêtises.

Ce jour-là, j'ai fait du sac et de la corde à sauter. Il faudra attendre dix ans pour que je le recroise. Il sera alors dans le camp adverse à coacher son protégé et mon adversaire, Christophe Seigneuret. Trois ans après, le 23 juin 2001, pour la première fois Manu est de mon côté pour affronter l'ancien champion du monde Khalid Rahilou. Depuis, on ne se quitte plus, ce championnat de France doit sceller ma progression à ses côtés.

La veille du combat contre Malik Cherchari, je dîne avec Manu et Nordine. C'est l'autre entraîneur de l'Avia Club, il boxait à l'époque de Manu, ils sont de la même génération. Je lui ai demandé d'être dans mon coin, j'ai confiance en lui. Nordine est le spécialiste du travail à mi-distance, il m'a concocté des enchaînements propres à mon style. J'ai dû faire une vingtaine de rounds avec lui. Avec Manu, on a bossé le physique, course à pied, 10 kilomètres en fractionné, pas loin de 100 kilomètres en trois semaines, de la résistance sur sac de frappe, cinq rounds de dix minutes à taper sans interruption à 80 %.

Sans compter les 60 rounds de sparring. Je suis plus que prêt et on sait que Malik va me rentrer dedans. Face à ce type d'adversaire, si on n'est pas entraîné, c'est plié en 2 rounds. Pour en tenir 10, face à un boxeur de classe nationale, il faut en valider au moins 20 à l'entraînement. Si c'est un champion de classe mondiale, en rajouter 10 de plus n'est pas du luxe. Les facteurs d'une contre-performance sont multiples. Tout est une question de gestion et il est primordial de trouver sa propre recette. Est-ce prétentieux de dire que je suis devenu fort ? Je ne sais pas, mais j'ai conscience qu'il y a toujours plus fort. Je prends aussi en compte l'arbitrage injuste, les décisions rageantes des décideurs gras du bide, les choix étranges de la fédération et l'avarice des promoteurs. La plupart n'ont jamais mis une paire de gants, pourtant ils font la pluie et le beau temps.

Manu et Nordine sont ma Dream Team, l'un détend, l'autre rassure. Avec eux, je peux boxer n'importe qui. Nordine est confiant.

— Bon, j'espère qu'on va la ramener cette ceinture de champion de France.

— Quelle blague, évidemment qu'on va rentrer avec.

— On n'a plus le choix, vous inquiétez pas, vous m'avez bien préparé.

— Évite le négatif. Tu as dit « inquiéter ». Ça joue sur l'esprit. Et on a toujours le choix, là, c'est une victoire par KO ou une victoire aux points. Maintenant tu choisis ?

— Je vais me coucher.

— Moi, je vais fumer mon p'tit cigarillo et j'vais regarder la télé. Nordine demain matin, ça te dit on va courir ?

— Inch Allah.

J'ai dormi à poings fermés. Le lendemain, comme d'habitude, petit déjeuner, déjeuner léger, balade tranquille autour du pâté de maisons, puis, enfermé dans la chambre, rideaux baissés, concentration dans le noir complet jusqu'au soir.

Ma mère au bord du ring

La salle est pleine à craquer. Je fais mon entrée torse nu, short noir, chaussures rouges, sous les huées. Combattre à l'extérieur est une habitude, me faire insulter en marchant vers les lumières du ring ne me dérange pas. J'ai tellement rêvé de ce moment, j'ai l'impression de l'avoir déjà vécu. Arriver comme un pou, repartir comme un prince. Mes amis d'enfance ont fait le voyage depuis Corbeil. En passant sous les cordes, j'entends une voix que je connais depuis toujours, elle m'est familière même bien avant ma naissance. C'est la voix chaude de ma mère : *Allez mon fils*. Elle est assise sur un strapontin au deuxième rang. Elle n'a pas de voiture et, la connaissant, elle a dû remuer ciel et terre pour faire le déplacement. Inconcevable pour elle de louper l'événement. Sa fierté est en jeu. Maintenant que j'ai fait tout ce qu'elle disait à l'école, à la fac, puis au travail, je peux lui montrer que ma passion n'était pas vaine.

Le favori fait son entrée, le public est en liesse. Malik est l'enfant du pays. Sur le ring, deux tirailleurs maghrébins s'opposent et sont prêts à mourir pour devenir champion de France. Une femme chante l'hymne national a cappella. Un sentiment étrange me traverse. Je me fais de temps en temps contrôler par la police, que je sois à moto ou à pied, la dernière fois, en présentant mes papiers le fonctionnaire lâche à son collègue :

— Il n'a pas une tête à s'appeler Brice celui-là.

Je me suis aventuré à répondre.

— Ça se saurait si la police recrutait des génies.

— Vous voulez qu'on vous embarque, monsieur ?

— Pour quelle raison ?

— Pour outrage, monsieur.

— Comment je dois interpréter, le : Il n'a pas une tête à s'appeler Brice celui-là.

Le policier s'adresse à son collègue.

— Tu m'as entendu dire ça ?

— Non, par contre, je l'ai entendu te traiter d'idiot, et ça, ça s'appelle de l'outrage.

— Vous me sortez tout ce que vous avez dans les poches.

Je les retourne, elles sont vides. Le policier me rend ma carte d'identité.

— Tenez, monsieur. Vous voyez, on est sympa, il ne va rien se passer pour cette fois.

Bien sûr que je suis fier d'être français, mais je suis offensé que certains ne me considèrent pas comme tel. Je me reconcentre sur le combat. C'est terrible parce que je dois toujours dompter cet esprit d'escalier. Il me fait inventer des tas de choses en boxe et après. Pourtant dans ces moments-là, il me sort de l'instant présent.

L'Hymne à la joie de Beethoven succède à *La Marseillaise*. Je ne connais pas grand-chose à la musique classique, mais le compositeur me donne envie de me surpasser. De devenir grand. De mériter cet hymne et ma joie. Je reste concentré. Chacun dans notre coin, on attend le signal. Manu livre ses derniers conseils.

— Fais comme tu sais faire.

La cloche annonce le début du premier round. Pas de surprise, Malik me rentre dedans. Le round d'observation démarre à cent à l'heure. C'est parfait, tout se déroule comme dans nos plans, aucune difficulté. Je mets en échec ses attaques et à chaque coup lancé, j'atteins ma cible. Je remporte facilement les deux premières reprises. La confiance est de mon côté. Et elle ne fait qu'améliorer ma boxe. Je gagne le troisième round. Malik s'impatiente. Il s'agace, il tente de me coller une droite après le gong. Manu demande l'avertissement, les insultes fusent d'un camp à l'autre. Mes amis du 91 ne sont pas des enfants de chœur, une bataille rangée peut vite s'improviser dans les gradins.

Le quatrième round ressemble aux trois premiers, en mieux. Malik court après le score, je reste vigilant. L'arbitre s'agace de me voir autant bouger, il me reproche de tourner le dos. J'esquive juste en me déplaçant vite, c'est pas de ma faute s'il refuse les nouveaux styles de boxe. Le mien est efficace et élégant. La prochaine fois, c'est le point d'avertissement !

À la fin du cinquième round, le gong retentit, j'ai encore gagné. Je me tourne pour rejoindre mon coin, Malik choisit cet instant pour m'assener un large crochet. Je tombe comme une pierre, perte de connaissance, KO. Ce n'est pas un mythe, comme dans la vie, les coups qui font le plus mal sont ceux qu'on ne voit pas arriver. Baignant dans son liquide le cerveau a percuté la paroi du crâne. C'est ce qui provoque la perte de connaissance. Je suis allongé sur le dos, j'entrouvre les yeux, je crois rêver, des chaises volent au-dessus du ring. Je sens ma mère pleurer, impuissante. Manu et Nordine m'aident à me relever.

— Ça va aller mon grand, il va se faire disqualifier, tu es champion de France.

Je ne ressens aucune satisfaction à l'annonce de Manu. La police et les services de sécurité interviennent pour rétablir l'ordre dans la salle. À peine assis, l'arbitre vient me demander si j'ai l'intention d'abandonner. Dans mon coin, on croit à une blague. Manu entre en fusion.

— Vous êtes fou, vous ne disqualifiez pas Cherchari ?

— Il reprend le combat, ou je le déclare perdant, c'est aussi simple que ça.

Encore un ivrogne inconscient à qui on a donné les pleins pouvoirs sans s'assurer qu'il n'était pas sous ecstasy. Le criminel réitère sa question. Manu et Nordine s'interrogent, ils sont inquiets. En même temps, ils veulent que je gagne. Je reprends le combat !

— Si tu veux, on arrête tout de suite.

— Non, c'est bon, j'ai récupéré.

De retour au milieu du ring, l'arbitre reconnaît son crime en demandant à Malik de ne pas taper après le gong. Ses supporters hurlent. *Tue-le, tue-le, tue-le !*

Les miens, sous le choc, restent silencieux. Ils ne croient pas en ma résurrection, ma mère continue de pleurer. Le combat reprend, Malik se rue, il est certain de m'achever. Il se voit déjà la ceinture autour de la taille. Je le laisse s'approcher, il lance un coup qui échoue dans mon gant. Je mime le mec à l'agonie. J'ai récupéré, lui s'épuise et je choisis le moment, retrait du buste, droite en pleine mâchoire, crochet du gauche. Malik s'effondre, il reste dix minutes à terre avant de se relever. Je suis champion de France.

Donetsk

Janvier 2005. Depuis Malik, je suis intouchable. Mon prochain adversaire se nomme Vyacheslav Senchenko, 11 combats, 11 victoires, dont 10 par KO. Ce sera un combat en 12 rounds avec à la clé un titre de champion IBF Intercontinental. Le combat se déroule en Ukraine, à Donetsk. De Paris à Kiev, le voyage se fait en avion à réaction. De Kiev à Donetsk, nous embarquons dans un coucou à hélices de 20 places. À Paris, il faisait douze degrés, on en a perdu trente le temps du voyage. Dans l'avion, il fait moins vingt et tous portent de gros manteaux et la fameuse chapka. Manu et moi sommes frigorifiés. Avec nos survêts, nos cols roulés et nos petites vestes de Parisiens, on fait tache. Et moi, je suis toujours victime du syndrome du banlieusard persécuté.

— Manu, c'est quoi leur problème, pourquoi ils nous matent comme ça ?

— T'excite pas, ils ont juste rarement vu des beaux gosses comme nous !

Manu a raison, idiot sort de mon corps, ces gens sont juste curieux. Et moi, je me focalise uniquement sur ce qui nous différencie. Manu n'est jamais médisant, peu contrariant, il sait que je ne suis pas totalement borné.

L'avion passe par une zone de turbulence, Manu se concentre sur ses mots fléchés pour poser un mouchoir sur sa peur, il enchaîne les grilles. Moi, je joue les anthropologues. Une formation que j'ai reçue au quartier, en passant mon temps à observer les gens. Les passagers de l'avion ont le visage dur, strié, on y lit le poids de l'histoire, la terrible météo, cette partie du globe couvre onze fuseaux horaires, les amplitudes de température varient de cent degrés, les effets du dogme politique, la mafia, la corruption, l'impossibilité de penser par soi-même ou de partager un désaccord… Y'a vraiment de quoi grimacer.

À Donetsk, alors que nous faisons la queue pour passer la douane, un homme imposant, plus de deux mètres, nous alpague. Les organisateurs de la réunion doivent avoir leurs entrées, grâce au géant, nous sortons de l'aéroport sans avoir à présenter nos passeports. Le Kazak pas souriant nous invite froidement à monter dans sa limousine. La crosse d'un revolver dépasse de son pantalon. Nous traversons les rues de la ville industrielle à vive allure. Le luxe et la misère se côtoient, j'aperçois un McDo en face de la statue de Lénine, le contraste est saisissant. Le chauffeur s'énerve, il cogne sur son volant, la circulation est bouchée à cause d'une manifestation. Le consulat français a déconseillé aux touristes de se déplacer en Ukraine. Une grave crise touche le pays. Nous sommes en 2005, les manifestants portent la couleur orange pour dénoncer une élection présidentielle truquée.

Je me place au-dessus du monde pour me construire le mien. Je suis une sorte de mercenaire, de gladiateur, ce n'est pas les couleurs de mon pays que je défends, c'est mon nom. Arrivé à l'hôtel, le chauffeur kazak tire nos sacs du coffre sans nous adresser un seul mot et, sans nous saluer, il part en faisant crisser les pneus de sa limousine… À l'époque, on ne pouvait pas noter sa prestation sur une application, je lui aurais mis moins deux étoiles…

Rituel d'avant-match, la pesée. Je suis au poids. Visite médicale, je suis apte. Conférence de presse, personne ne pose de questions. Un dîner détente, Manu enchaîne les histoires drôles. C'est un livre en chair et en os, j'écoute, je me marre, j'oublie le combat, c'est la belle vie, puis je monte dans une chambre luxueuse. Je ne boxe plus dans la même catégorie, j'ai droit à un lit pour géant, une baignoire et un jacuzzi.

Le lendemain, alors qu'on prend notre petit déjeuner avec Manu, un homme se présente à notre table. Encore un physique hors norme, c'est l'effet Tchernobyl, ou peut-être qu'ils sont produits en usine dans un moule spécial. L'homme baragouine dans un sabir incompréhensible, essentiellement en russe et ça n'a pas l'air de le déranger. Il voit bien qu'on comprend rien et ça l'énerve. Il hausse le ton, nous montre une mallette tout en continuant à parler, je me dis que ce type se trompe de table. Mais il n'y a personne d'autre. Un serveur accourt, il échange quelques mots avec le rustre, puis nous traduit.

— Il a quelque chose à vous remettre de la part du promoteur, vous devez le rapporter dans votre chambre. Mais vous pouvez quand même terminer tranquillement votre petit déjeuner.

Le serveur part, le géant semble calmé. Il reste toutefois debout, à côté de nous.

— Manu, t'imagines si tu t'embrouilles avec un Golgoth pareil, impossible de lui mettre une droite. Les bras levés, je touche même pas sa tête.

— Ah, c'est clair, lui, il faut l'attaquer quand il est assis quand il dort après avoir enquillé trois caisses de vodka.

— T'es fou, j'prends même pas ce risque, sans lance-roquettes, même pas j'l'approche.

Ça nous amuse, le Russe nous regarde et se demande ce qu'on se raconte. Je comprends que c'est le moment de se lever avant qu'il se fasse un film. Nous marchons en direction de ma chambre.

— T'as une idée de ce qu'il nous veut ?

— Aucune.

— J'pense qu'on devrait courir dehors et crier à l'aide.

— Lui aussi, il a un flingue qui sort de sa ceinture. Sauf erreur de ma part, tu ne cours pas plus vite qu'une balle. On va gentiment voir ce qu'il nous veut.

Le Russe entre dans la chambre comme si elle était la sienne. Il pose sa mallette sur mon lit, l'ouvre et déverse tout son contenu. Des liasses de billets de 50 euros. Si c'est bel et bien la bourse du combat, il y en a pour 40 000 euros. Il referme la mallette et quitte la chambre sans même fermer la porte, à croire que les Russes ne connaissent pas les bonnes manières.

— Manu, pourquoi ils nous ont payés avant ?

— C'est la première fois que je vois ça.

— Y'a même pas de coffre dans la chambre, j'le mets où cet argent ?

Manu est aussi emmerdé que moi. On discute quelques minutes, on se demande quoi faire de tout ce fric. Le combat du soir n'est plus notre préoccupation pour le moment. Le sujet, c'est l'oseille et c'est un gros sujet. Le retour en France risque d'être également tourmenté à la douane.

— Si on le laisse là, on va s'faire dépouiller.

— Écoute, on se reconcentre sur le combat, sinon, c'est sur le ring que tu vas te faire dépouiller.

— Si leur objectif, c'était de nous retourner le cerveau, c'est presque gagné.

C'est fou comme une grosse somme d'argent peut influer sur les comportements. Pourtant, je savais avant d'arriver que j'allais palper. Mais en voyant tous ces billets sur le lit, plus ou moins une année de salaire d'un ingénieur, je réalise qu'ils sont à moi. Mon nouvel obstacle n'est plus Senchenko, mais les 3 000 km pour rapporter le magot jusqu'à Paris. Il faut vite que je me raisonne. L'argent est là, ai-je encore envie de boxer ce soir ? Évidemment que oui. L'argent est le suppositoire de celui qui n'en a pas. Il soigne les douleurs sociétales, panse les complexes et règle les factures. Quand il devient gourou, c'est l'arme de celui qui en possède en masse. Mon mal est effervescent, les billets ne suffisent qu'à soigner mes maux de tête. Une rage intense sommeille en moi et l'argent ne fait que me brosser une dent cariée. C'est bon, me revoilà sur Senchenko, son mal à lui a intérêt à être en forme, car ce soir, mes démons seront de sortie et je vais lâcher la laisse.

La journée passe vite. Dans ma chambre, je m'amuse à éparpiller sur le lit les huit cents billets de 50 euros et je m'endors en les comptant. Bien plus efficace que de compter les moutons. On a finalement dissimulé l'argent dans le sac à pharmacie. Il s'agit du sac que l'entraîneur emporte au bord du ring pour soigner les blessures durant le combat. Nous partons avec à la salle. Il est 22 heures, on attend notre tour dans le vestiaire.

Un homme entre, c'est le moment d'y aller, mais je n'entends ni musique ni speaker. Une blague, l'homme est juste venu nous avertir que c'était à nous dans dix minutes ! Il est trop tard pour faire demi-tour, j'entre dans l'arène. Surpris de me voir aussi tôt, le speaker s'empresse de prendre le micro. Je me tiens debout, seul, au milieu du ring. Je reçois quelques timides applaudissements, la salle est sombre, on dirait que les spectateurs ont reçu pour consigne de s'habiller en gris, c'est peut-être la couleur pour les enterrements ici. Au premier rang, des militaires sont alignés comme des immeubles HLM. Ils ont l'air gradé. Avec eux, M. Sergueï Bubka, légende vivante, héros soviétique, multiple champion du monde, champion olympique, recordman de saut à la perche.

— Manu, y'a qu'à nous que ça peut arriver ce genre de truc !

— C'est pas grave, attendre ici ou dans le vestiaire ça ne change pas grand-chose.

— T'as raison.

— Tu veux t'asseoir ?

— Non, suis bien merci, t'as vu, y'a Sergueï Bubka ?

— Ouais, on ira lui faire un coucou à la fin du combat.

— On ira lui demander un autographe, ouais !

— Si tu défonces son compatriote, c'est lui qui te demandera un autographe !

Le speaker annonce l'arrivée de Senchenko. Le public se lève, mon adversaire fait son entrée sur l'hymne national. Étrange. D'ordinaire, on se choisit une chanson qui nous motive. Le gaillard doit beaucoup aimer son pays. À la présentation du combat, la *Marseillaise* résonne dans la salle, puis de nouveau l'hymne ukrainien. Pendant les consignes de l'arbitre, je déclame un poème à Senchenko en français, je sais qu'il ne comprend pas et c'est la première fois que je fais ça.

Tu ne vas pas me toucher
Je connais ta boxe, elle est facile
Je vais te frustrer
Tu vas me détester
Si je peux te coucher, compte sur moi
Que le meilleur gagne.

L'arbitre russe n'entend aucune provocation et me laisse dire. Le combat démarre et douze rounds plus tard, c'est exactement ce qui s'est passé. Grand ring de six mètres carrés, Senchenko ne pourra pas m'enfermer dans un coin. Il n'a jamais pu me toucher, je l'ai dominé sans réussir à le coucher. Un combat soporifique où le boxeur local n'a rien pu faire pendant trente-six minutes. Mais le meilleur n'a pas gagné, les juges ont déclaré vainqueur l'Ukrainien. On manifeste nos désaccords sur la décision, l'organisateur se défend.

— Ici, on décide qui gagne et qui perd, ce soir vous avez perdu.

Connards de philistins. En marchant en direction du vestiaire, un homme vient à ma rencontre. Le champion olympique Sergueï Bubka. Il me tend la main et me la serre fort.

— *You win.*

Je suis resté longtemps sous la douche, à me demander combien de fois encore j'allais pouvoir supporter de me faire voler. Après ce combat, les Russes m'ont sollicité pour venir faire du sparring avec Senchenko. Il préparait un championnat du monde WBA. On a boxé trente rounds sur une semaine. Je me suis régalé, je l'ai tabassé sans retenue, à souhait, à huis clos et devant les yeux de ses promoteurs. Senchenko est devenu champion du monde WBA. C'est quand mon tour ?

Nouveau chapitre

Un an après, en 2004, trois jours avant de défendre mon titre de champion de France, je me blesse à l'arcade. La Fédération française me destitue de mon bien pour le remettre en jeu. Le gala est maintenu, la ceinture devient vacante. Je saisis le tribunal du CNOSF, le Comité national olympique et sportif français, pour un avis consultatif. Ils répondent que j'ai gagné cette ceinture sur le ring et que c'est sur le ring qu'il faudra venir la chercher. Les dirigeants de la Fédération française de boxe avalent de travers cette décision. Deux mois après, j'ai cicatrisé.

Je tente un championnat de France contre Nordine Mouchi, ancien champion du monde amateur, membre de l'équipe de France, il a participé aux jeux Olympiques d'Atlanta. Son promoteur est Michel Acariès.

Certains juges arbitres sont des ânes à qui le bon Dieu a donné des cornes. Ajoutez à cela, une fédération présidée par une chèvre, cela donne des carrières détruites, des boxeurs mis en danger. Je suis déclaré perdant. Même le présentateur de Canal + est surpris par la décision.

En 2005, à Manchester en Angleterre, je suis challengé pour le championnat du monde WBF contre József Matolcsi, un gros frappeur. À la surprise générale, je l'emporte. Je suis champion du monde. La clause de revanche est signée. Cinq mois après, je l'emporte encore. Toutes ceintures confondues WBC, IBF, WBA, WBO, je suis classé dans le top 20 mondial. Je n'ai personne pour organiser la défense de ce titre. La WBF me destitue, le titre est remis en jeu. J'enchaîne huit victoires dont quatre championnats de France avant cette chance de gagner le titre européen contre Jackson Bonsu.

En pleine forme

2008. Championnat d'Europe à Anvers en Belgique. Le match est diffusé sur Canal +. J'affronte un grand Noir costaud qui a le don d'électrocuter ses adversaires. Jackson Bonsu, vingt-six combats, vingt-quatre victoires par KO. Le travail d'appui et les séances de musculation améliorent la puissance de frappe. Le punch c'est encore autre chose, même un gringalet peut en être doté. Ça ne s'invente pas, on naît avec. Le cerveau génère des signaux. Chez un Bonsu, l'intensité et la vitesse sont hors norme. Heureusement, le don a des failles, au fil des rounds, l'influx nerveux se dissipe, la force de frappe s'atténue.

Au début du combat, en mouvement, je laisse passer l'orage. Impossible de m'atteindre. Nous sommes à équidistance. Il avance, je recule, et vice versa. Huit mille spectateurs venus assister à ma crucifixion sifflent ma fuite rectangulaire. Mes épaules bloquent les coups, je suis foudroyé une fois, je vois quelques éclairs.

La veille du combat, lors de la pesée, j'ai remarqué que Bonsu porte un grigri autour de la cheville. En plus du don, le salaud invoque les esprits. Je me suis auto-insulté, j'aurais dû consulter Cissé le Sénégalais, le marabout du quartier. Un grigri anti-grigri m'aurait rassuré.

À l'entame du quatrième round, je ressens une petite douleur au mollet droit. Le sorcier a piqué la poupée. La minute d'après, coup de poignard au même endroit. Horrible douleur, poser le pied est un enfer. Abandonner ? Plutôt mourir. Prier est mon seul refuge. Je change de tactique, je reste à mi-distance, les bras levés en bouclier. Douze rounds, brutale fin de combat, c'est du à toi à moi. Il a vacillé, j'ai titubé. Le public a eu ce qu'il voulait, son champion a gagné. Défait aux points, je suis porté pour regagner le vestiaire. La défaite est incontestable, je suis inconsolable. Je veux rester seul. C'était le combat qu'il ne fallait pas louper. L'occasion d'être un champion d'Europe d'une grande ceinture.

Sur une jambe, l'opposition était déséquilibrée, un promoteur fair-play aurait proposé une revanche. Toujours pas dans les petits papiers. Huit mois d'interruption, béquille, rééducation. Un round de plus et c'était la rupture du tendon d'Achille.

Déprime, descente dans les classements. J'ai trente-trois ans, crise de la raison, sans boire une goutte d'alcool, je prends 17 kilos. Queue de poisson sur une voie de bus, je descends de ma moto, bagarre sur la route, le chauffeur de taxi mérite une gifle. Au commissariat, j'explique que c'est lui qui a commencé.

Au club de sport, les filles sont en rut, ça fait quelques années que ça dure. J'entraîne des femmes des quartiers riches, je suis musclé, je passe pour un mauvais garçon, en même temps je suis souriant. Je suis la friandise. Le plaisir caché. Je suis un garçon facile, je me laisse attraper par n'importe laquelle. Ça se termine en embrouilles conjugales, l'oreille qui siffle, on m'attend à la sortie, je dois expliquer que c'est elle qui m'a chauffé. Je me souviens d'un jour où un type débarque, il me reproche de fricoter avec sa femme, je lui réponds que c'est son problème. Il veut que je parle à sa chérie parce que quand il l'appelle, elle ne répond plus. Alors devant lui, j'appelle sa femme et elle décroche *Oui chéri.* Sur le coup, ça m'amuse, mais ce sont encore des problèmes.

Je tourne en rond. Après un an et demi sans boxer, je suis gras comme un saumon, j'ai envie de me noyer. À minuit, tout est ouvert à côté de chez moi, boulimie, sauce mayo, j'enquille trois Big Mac, une boîte de vingt nuggets, un litre de Fanta. Je sors de là, je n'ai plus de place dans le bide, deux doigts dans le gosier, je vomis comme un goret. Je pleure, je marche vers les quais de Seine. Au-dessus du pont du Carrousel, j'ai envie de sauter. L'imagination me décourage. Je me fracasse sur la brigade fluviale. On parle de moi en boucle sur BFM TV. Avant de m'écraser sur le policier, des témoins affirment avoir entendu crier Allahu Akbar.

Changement de plan, je redescends du pont. Je jette des pierres dans l'eau, faire des ricochets c'est moins risqué. Caché dans son duvet, un SDF se réveille.

— Par la grâce de Dieu, pourriez-vous monsieur, s'il vous plaît, aller vous promener ailleurs, vous m'empêchez de dormir.

Célestes mots, le sans-abri m'a invité à rentrer chez moi. Se reprendre en main, c'est se donner un coup de pied au derrière. Trois semaines de diète, et je suis de nouveau prêt à saisir l'opportunité. Un tournoi de boxe s'organise, l'événement a lieu au Cirque d'hiver de Paris. Les meilleurs boxeurs de France sont invités à s'affronter. Intéressé, je suis introduit par mon ami Fabrice Allouche, ancien champion du monde de boxe Thaïlandaise. Rendez-vous chez Michel Acariès, boulevard Flandrin dans le XVIe arrondissement de Paris. L'échange est courtois, un café, j'accepte de participer au grand tournoi. J'ai besoin d'un combat de préparation,

Michel accepte de me faire boxer à sa prochaine réunion. Je ne discute pas la bourse.

Dans les salles de sport du triangle d'or, je côtoie du beau monde. Les mécènes sont contents de venir me voir boxer, je prends un vrai billet. Je les remercie en floquant le logo de leurs sociétés, c'est la moindre des choses.

Michel Acariès m'a trouvé un adversaire au palmarès peu flatteur. Dans les tribunes, je m'imagine la tête que feront mes bienfaiteurs, lorsque le speaker annoncera les 20 défaites sur 22 de mon opposant. Coup de fil à Michel.

— Monsieur Acariès, merci encore, je suis ravi de pouvoir boxer au Cirque d'hiver. Est-ce que vous pourriez s'il vous plaît me trouver un adversaire avec un palmarès positif ?

— Faradji, tu m'entends ?

— Oui, monsieur Acariès.

— C'est ça ou rien, t'as compris ?

— J'ai compris, monsieur Acariès, ce sera donc rien !

C'est vrai, j'aurais pu fermer ma gueule, mais je ne l'ai pas fait. Mon ego est plus gros que mon porte-monnaie.

Pendant cette période, pour gagner ma vie, je suis coach de boxe. C'est un métier où l'on cultive la passion de l'ennui. Chrono à la main, je suis assis à côté des apprentis, je fais faire des burpees. Mes clients adorent faire semblant de risquer leur vie. Boxer contre un champion du monde coûte 100 euros l'heure. Pour eux, c'est un déchaînement de coups dans le vide, du stretching de bras. Pas une fois je ne suis touché et c'est ce qui les fait revenir. Le tout-Paris m'invite, l'addition arrive, elle n'est jamais pour moi. C'est stylé d'avoir à table un ex-banlieusard reconverti en bourgeois. Il est drôle, il est sympa, oui c'est moi.

Gérard Teysseron, promoteur de la Réunion, cherche des bouche-trous. Sous son aile, il y a Stanislas Salmon, actuel champion de France. Rencontrer un Faradji en déclin est une bonne idée, à condition qu'il soit vraiment fini. Je suis de retour sur le plancher contre le numéro 1 français. Si je gagne, c'est la preuve que c'est encore moi le taulier. Évidemment, Manu sait que je vais accepter ce combat. Mises de gants pour me préparer, la famille Colas et Mapouka ne sont pas dispos. Loïc Fouré, classé dans les cinq meilleurs Français, me sert de sparring-partner. Courageux, rentre-dedans, je n'ai pas perdu mon niveau. Frustré, le garçon se déplacera pour venir prendre des coups. J'ai retrouvé mes jambes, je suis prêt pour Stanislas Salmon.

Quatre jours avant le combat, à la salle d'Issy-les-Moulineaux, Loïc Fouré vient de s'en aller. J'ai fait six rounds avec lui. Je reçois un coup de fil de Gérard Teysseron, Manu répond.

— Salut Manu, j'ai une mauvaise nouvelle, Salmon déclare forfait.

— Merde.

— Je sais que Fouré s'entraîne avec Faradji, je peux lui proposer de le remplacer ?

— Il vient de partir. Avec ce qu'il a pris, ça m'étonnerait qu'il accepte !

— Ça, c'est mon travail Manu, Faradji est partant ou pas ?

Manu a mis le haut-parleur, j'ai tout entendu. Je réponds oui de la tête.

— Oui c'est bon, pas de problème pour Faradji.

— D'accord Manu, je contacte le clan Fouré, je reviens vers toi.

J'espère que Loïc va refuser, c'est un mec sympa, courageux, droit et bien éduqué. Je n'ai pas envie de le mettre au piquet devant un public. S'il dit oui à Teysseron, c'est que son besoin d'argent est plus fort que le risque de la défaite. Deux minutes après, Teysseron rappelle.

— C'est bon, Fouré accepte.

— OK, Gérard, combien tu payes pour ce combat ?

— Zéro, j'ai pas de budget, c'est l'occasion de remettre Faradji dans le circuit, c'est déjà bien non !

— Fais un effort Gérard !

— Je le fais boxer ou pas ?

Manu me regarde. Oui de la tête. Je me barre faire quelques rounds de corde. Salopard, boxer gratuitement ça n'existe pas. Ça coûte du temps, de l'oseille et des neurones.

Trouver un titre

2 décembre 2010. Salle pleine, mon combat a lieu avant celui de Mormeck. Le soleil du ring illumine tout le monde mais il ne réchauffe que celui qui en sort avec de quoi nourrir son foyer. Je ne sais toujours pas si j'aime la boxe, c'est ce que je me dis en marchant vers le ring. Au micro, sous les projecteurs, se trouve l'emblématique speaker Jean-Pierre Cossegal. Il a présenté une dizaine de fois mes entrées.

Il a trente-quatre ans il nous vient de Corbeil-Essonnes
Licencié à l'Avia Club d'Issy-les-Moulineaux
Passé professionnel en 1998
Vainqueur de la coupe internationale 2002
Champion de France en 2003
Champion de France en 2004
Deux fois champion du monde WBF 2005
Champion de France 2006

Champion de France 2007
Vice-champion d'Europe 2008
Mesdames et Messieurs, s'il vous plaît, un tonnerre d'applaudissements pour Briiiiiiiiiice Faaraaadjiiiiii

Loïc Fouré m'attend sur le ring. La cloche retentit. Premier round. Aucun suspense, plus fort en match qu'à l'entraînement, je remporte tous les rounds. En descendant du ring, Gérard Teysseron m'interpelle.

— Faradji, t'es encore en forme !

— Il avait quoi le champion de France Salmon ?

— Il n'avait rien, j'ai préféré lui laisser un peu de temps avant de te rencontrer.

Espèce d'hypocrite malveillant, je ne suis que du bétail à tes yeux. Si tu avais un soupçon d'empathie, tu m'aurais au moins proposé un ticket restau. Après ce combat, pas un coup de fil, zéro proposition.

Deux ans se sont écoulés. Loïc Fouré a enchaîné cinq combats victorieux, il décroche un titre international. Mon combat avec lui était particulier. Peut-être un jubilé.

Voile noir

Je trouve ça beau un bateau. Pirogue, navire égyptien, drakkar scandinave, galère romaine, caravelle, navire de guerre, il y a deux mois, en regardant un reportage d'ARTE je me mets en tête de passer mon permis péniche. 1 000 euros, trois jours de stage théorique, QCM validé, permis fluvial en poche, second stage de cinq jours sur une Freycinet de 38 mètres. C'est bon, aujourd'hui 12 mai 2012, je suis capitaine.

Aucun rendez-vous, aucun cadre sup en manque de sensation forte à assouvir. Pour 200 euros, je loue un petit bateau cinq places. Seul à bord, je fais un petit tour sur la Seine. Au milieu de l'eau, je m'arrête devant la tour Eiffel. Grand soleil, quelques photos, ordinateur à bord, inspiré j'écris un texte. Une chanson sur l'univers des salles de sport. Il y a tellement à dire. J'ai toujours aimé écrire. Pas économe, je ne possède aucun bien, j'ai fait des investissements foireux. Écrire est la seule façon de donner une consistance à ce que j'ai réalisé.

Je passe une magnifique journée, je rentre chez moi à 23 heures. Je souffre d'un petit mal de tête, je pense que j'ai pris trop de soleil. Aspirine, je m'allonge sur le canapé. Je ferme les yeux, la lumière est éteinte. Il se passe quelque chose d'étrange. Je vois plein d'éclairs, de légers scintillements. Dans la salle de bains, je me regarde dans la glace. Rien en apparence. Un voile noir s'installe, la lumière de mon œil gauche est en train de disparaître. Inquiet, je me rends aux urgences ophtalmologiques. Diagnostic : décollement de la rétine, opération, anesthésie générale. Salle de réveil. Il est 6 heures du matin. Un chirurgien est au-dessus de ma tête.

— Monsieur Faradji, vous avez de la chance l'opération s'est bien déroulée. On vous a fait une chirurgie par voie externe, à l'aide d'une éponge en silicone on a mis en place une indentation sur la paroi externe de votre œil gauche.

Je ne comprends rien de ce qu'il raconte.

— Merci beaucoup, je suis boxeur professionnel, est-ce que vous pensez que je pourrai encore boxer ?

— Monsieur Faradji, on a sauvé votre œil, vous pourrez voir correctement !

— Oui, oui, j'ai compris, merci. Est-ce que je pourrai boxer ?

— Il est fortement déconseillé de prendre un coup dessus, monsieur Faradji.

— Est-ce que je pourrai encore boxer ?

— Non monsieur, vous ne pourrez plus boxer !

Amertume, mon rêve de devenir champion du monde WBC, la plus prestigieuse des ceintures, s'éteint. Ce type vient de me redonner la vue, au lieu de pleurnicher, je devrais lui baiser les pieds. Pourtant je suis contrarié, ma feuille de route vient de changer. Sportivement parlant, c'est le moment le plus horrible de ma vie. Je n'ai pas fini d'écrire mon rêve, le réveil est un cauchemar.

Ma mère, mon frère sont toujours là, c'est l'essentiel. La boxe, c'est une histoire qui commence par une fin. Pour les plus chanceux, elle se termine par le début d'une autre.

La boxe, c'est le plus grand asile psychiatrique au monde. On se confectionne une camisole avec les cordes du ring.

La boxe, c'est presque un sport. Souvent, un spectacle. Une thérapie, pour d'autres. Un suicide pour les médecins. Je sais que chez les intellos, c'est à la mode ce genre de concept. Mais c'est une triste vérité. Ils ont raison.

Voir l'horizon

Juillet 2018. Début d'aprèm. Je suis assis sur les marches du Trocadéro, je viens de finir une séance avec Katie. La journée est calme, je n'ai plus aucun rendez-vous. Mes clients sont aisés, l'été, ils sont à Saint-Tropez, l'hiver à Courchevel, à Saint-Barth pour fêter Pâques. Assis face au soleil, je peux rester des heures. Ici, dans le XVIe arrondissement, l'encanaillement est en vogue. Même le prof de danse donne des cours de boxe. Les hommes cherchent à affirmer leur virilité, les femmes à affirmer leur prise de pouvoir. La mode du *savoir mettre un coup de poing* excite les investisseurs. De nombreuses salles dédiées à l'art du combat en toute sécurité voient le jour. En 2001, j'avais pourtant anticipé. J'ai inventé le fitboxing au Club Med Gym d'Auteuil. La recette est simple, un son hip-hop, un mix entre pas de danse et shadow boxing. En peu de temps, mes cours sont pleins. Cinquante adhérents dans une salle de cent mètres carrés, 80 % de femmes.

Le sex-appeal est un appât, je suis déguisé en proie. Je ne m'en plains pas. Les adhérents sont du quartier, transpirer coûte 1 600 euros d'abonnement.

En 2008, j'entreprends. Dix formations en un an, cent coachs dispensent mes concepts. 22 clubs parisiens me payent des licences d'exploitation. La politique du groupe change. De nouveaux dirigeants arrivent, réduction budgétaire, ils n'ont plus besoin du prestataire. Mon concept plaît, il ne faut surtout pas s'en priver. Je reçois une lettre uppercut : licencié, zéro pointé d'indemnité. Débouté par un jury de patrons, mes contenus changent de main. La rage refait surface, je me croyais définitivement à l'abri d'une folie. Kidnapper ces salopards me traverse l'esprit. Pas grave. J'ai été trop honnête, comme un bon toutou, j'ai obéi à ce que je pensais être des gens importants. Leurs costumes et leurs poignées de mains soignées ne voulaient pas dire qu'ils étaient élégants. Ce sont les mêmes que les promoteurs de boxe, des arnaqueurs. Sur un ring, je n'ai jamais rencontré ce genre de personnage, et face à eux, on ne peut pas se battre. Ils sont cordiaux en apparence et attendent que vous alliez pisser tranquillou pour vous poignarder dans le dos. Ce qui ne tue pas donne envie de faire mal, heureusement de temps en temps je tape sur un sac de boxe. Mon téléphone vibre, mon ami Sébastien Jondeau, garde du corps de Karl Lagerfeld.

— Frérot, tu fais quoi ?

— J'viens de finir un cours.

— Ça te dit de venir kiffer un peu à Saint-Tropez ?

La proposition est alléchante, c'est un échange de bons procédés. Il m'offre le gîte et les animations, moyennant ma compagnie.

— C'est cool, j'trouve un billet et j'te rappelle.

Seb est un garçon généreux. Tous ses kiffs, il veut les partager. Nous nous sommes rencontrés en 2001. Quelle chance d'être son propre chef. Je me parle à moi-même.

— Est-ce que je peux poser des jours de congé ?

— Tu veux partir quand ?

— Tout de suite.

OK, accordé !

Voilà une chose de faite. Ah si j'étais riche, j'aurais pris un jet privé. Au fait, c'est possible de piloter un petit avion ? Ça coûte combien ? Google me répond, deux examens théoriques, une soixantaine d'heures de vol, environ deux ans pour quelqu'un qui prend son temps, le prix d'un scooter Tmax 500. Cap ou pas cap ? Je reporte un achat immobilier et je me donne huit mois pour devenir pilote d'avion. L'an prochain, à moi les airs. Juré, je descends à Saint-Trop. Pas de temps à perdre, le lendemain, école d'aviation, baptême de l'air. Sept mois plus tard, j'ai beaucoup moins d'argent, mais l'examen est réussi. Appelez-moi capitaine Faradji.

Quelle fierté d'être aux commandes d'un Robin DR400. Deux copines embarquent avec moi. Je m'entraîne pour Saint-Tropez. En attendant, direction la baie de Somme. Un arrêt au Touquet pour le déjeuner puis retour en fin de journée. À dix minutes de l'arrivée, l'hélice de l'avion s'arrête de tourner. Dans la vie d'un pilote, ça n'arrive statistiquement qu'une fois tous les vingt-cinq ans. Je retire mon casque radio pour écouter. Mes oreilles confirment, plus de bruit moteur. Dans le cockpit, silence de mort.

— Mayday Mayday Mayday, panne moteur, atterrissage d'urgence, 1 200 pieds, trois personnes à bord.

Un avion ça plane, sans moteur ça atterrit, sur un immeuble ça fait mal. Nous sommes bénis des dieux, un champ pas labouré nous sauve la vie. Un avion qui atterrit dans un champ pas loin de Paris, ça met en alerte police, armée, pompiers, DGAC. On subit les contrôles : drogue, alcoolémie puis un interrogatoire poussé.

— Vous avez pris des substances illicites, drogue, cannabis ou autres ?

— Non.

— On va quand même faire une prise de sang. Vous êtes connu des services de police ?

— Non.

— Pourtant, votre visage me dit quelque chose. Je suis sûr de vous avoir vu, peut-être en garde à vue ?

— Non, et le vôtre ne me dit rien.

— On va quand même vérifier que vous n'êtes pas fiché.

C'est horrible de devoir prouver que l'on est quelqu'un de bien. Je me fais pitié, lorsque je lui sors :

— Vous savez, je suis un ancien boxeur professionnel. J'ai souvent boxé sur Canal +, c'est peut-être là que vous m'avez vu.

— Non, monsieur, je n'ai pas Canal +.

— Vous devez alors me confondre avec un autre frisé.

80 % des accidents aériens sont liés à des erreurs humaines. Là encore, c'est le cas. J'ai une mauvaise connaissance de l'avion, je n'ai pas géré les réservoirs à essence. Un mois après, je remonte en selle. Mon cheval est un Cessna 172, Paris-Saint-Tropez 4 h 30 de vol à 8 000 pieds. C'est fait, je suis bel et bien pilote d'avion. Mme Françoise qui voulait m'orienter en CAP serait ravie. Cette fois, je suis sur le toit du monde. Je suis enfin heureux.

Remerciements

Je m'excuse des douleurs, de la peine que j'ai causées à tous les boxeurs que j'ai battus. Je défie sur un ring tous ceux repartis avec une victoire programmée par la voyoucratie du Noble Art. Merci et bravo à ceux qui étaient réellement plus forts.

Je remercie ma mère, mon frère pour ce qu'ils sont.

J'écris depuis toujours, dix ans pour trouver une maison d'édition, merci Mahir Guven d'avoir pris le temps de me lire et de me corriger. Merci Cyril Durand de m'avoir présenté Mahir. Merci Franck Hayat de m'avoir présenté Cyril. Merci Jean-Claude Lattès, sans vous, mes mémoires se seraient évaporés dans un disque dur.

Merci Fabrice Allouche, Mehdi Sahnoune, tous les deux champions du monde de boxe, pour les moments incroyables passés dans les camps d'entraînement en Thaïlande et les combats clandestins dans les bars de Pattaya.

Merci Laura Azoulay, Charlotte Ticot, mes fidèles lectrices, même quand j'écris de la merde, elles me disent qu'elles aiment bien.

Merci Jean Rachid Kallouche, grâce à toi j'ai bien rigolé, j'ai dîné avec Charles Aznavour, j'ai échangé avec Grand Corps Malade.

Merci Sébastien Jondeau, Patrick Cohen, Christian Giacomini, Alexandre Kodzo, Guy Dia-Njoh, mes amis de toujours et pour toujours.
Merci la vie.

CET OUVRAGE A ÉTÉ COMPOSÉ PAR NORD COMPO
ET ACHEVÉ D'IMPRIMER
PAR CPI BUSSIÈRE (SAINT-AMAND-MONTROND)
POUR LE COMPTE DES ÉDITIONS J.-C. LATTÈS
17, RUE JACOB – 75006 PARIS
EN AOÛT 2021

JC Lattès s'engage pour l'environnement en réduisant l'empreinte carbone de ses livres. Celle de cet exemplaire est de :
540 g éq. CO_2
Rendez-vous sur www.jclattes-durable.fr

PAPIER À BASE DE FIBRES CERTIFIÉES

N° d'édition : 01 — N° d'impression : 2059690
Dépôt légal : septembre 2021
Imprimé en France